Sylt
KULINARISCH

SUNDESTRESSOR FOR FACE
(Luminising Formula SPF 19
& Firming Formula SPF 30)

SUNDESTRESSOR FOR BODY
(Luminising Formula SPF 19
& Firming Formula SPF 30)

Kanebo
INTERNATIONAL

Sylt
KULINARISCH

Ein kulinarischer Wegweiser
zu den schönsten Restaurants und
Hotels der Nordseeinsel

Klocke Verlag

Sylt
KULINARISCH

Ein kulinarischer Wegweiser
zu den schönsten Restaurants und Hotels der Nordseeinsel

Klocke Verlag GmbH
Höfeweg 62 a, 33619 Bielefeld, Telefon: 05 21 / 9 11 11-0
Telefax: 05 21 / 10 96 96
Internet: www.klocke-verlag.de · E-Mail: info@klocke-verlag.de

1. Auflage 2001

Fotos:
Ydo Sol, Klaus Lorke, Ulrich Helweg, Freddy Peterburs

Text:
Günter Ned, Gundula Luig, Sabine Herder, Bernd Teichgräber,
Peter Unger

Grafische Gestaltung:
LUNA, Halle / Westfalen

Lithographie:
Klocke Medienservice Holger Schönfeld, Werner Busch

Produktion: Claudia Schwarz

Vertrieb: Stephan Klocke

Druck: Graphischer Betrieb
Ernst Gieseking GmbH, Bielefeld

Printed in Germany

ISBN 3-934170-07-2

EDITORIAL

Sylt empfing seine ersten Badegäste bereits vor mehr als 150 Jahren. Seit die nördlichste deutsche Insel als See- und Heilbad entdeckt wurde, war sie immer zweierlei, Naturparadies und gesellschaftlicher Treffpunkt. Hieran hat sich bis heute nichts geändert: auf der einen Seite die traumhafte Dünen- und Heidelandschaft mit Wattenmeer und vierzig Kilometer langem Sandstrand, weitläufigen Natur- und Landschaftsschutzgebieten, auf der anderen Seite der Glamour von Kampen. Der Mythos von Exklusivität, der durch die „beautiful people" mit ihren Designer-Roben und Nobelkarossen ausgeübt wird, hat bis heute nichts von seiner Anziehungskraft verloren. Für viele war „die Insel" Liebe auf den ersten Blick, und die geht bekanntermaßen nicht zuletzt durch den Magen. Was Sylt an gastronomischer Qualität und Vielfalt zu bieten hat, ist in Deutschland absolut einmalig. Von der Fischbude im Hafen bis zum Strandrestaurant in den Dünen, vom sternegekrönten Gourmet-Tempel bis zum gemütlichen Wirtshaus mit herzhafter Regionalküche spannt sich der einzigartige Bogen. Doch Sylt ist nicht nur für Genießer ein Paradies, die Insel verführt auch zum Shopping mit exquisiten Adressen. Im Kampener „Couture-Carré", in Westerland und in Keitum findet man nahezu alles, was in der Modewelt Rang und Namen hat. Dazu gesellen sich Wohn- und Einrichtungsgeschäfte, die keine Wünsche an außergewöhnliches Home-Living unerfüllt lassen. Wir wünschen Ihnen viel Vergnügen beim Genießen der vielseitigen Facetten der Sylter Erlebnisfreude.

Thomas Klocke

Markus Klocke

(Herausgeber)

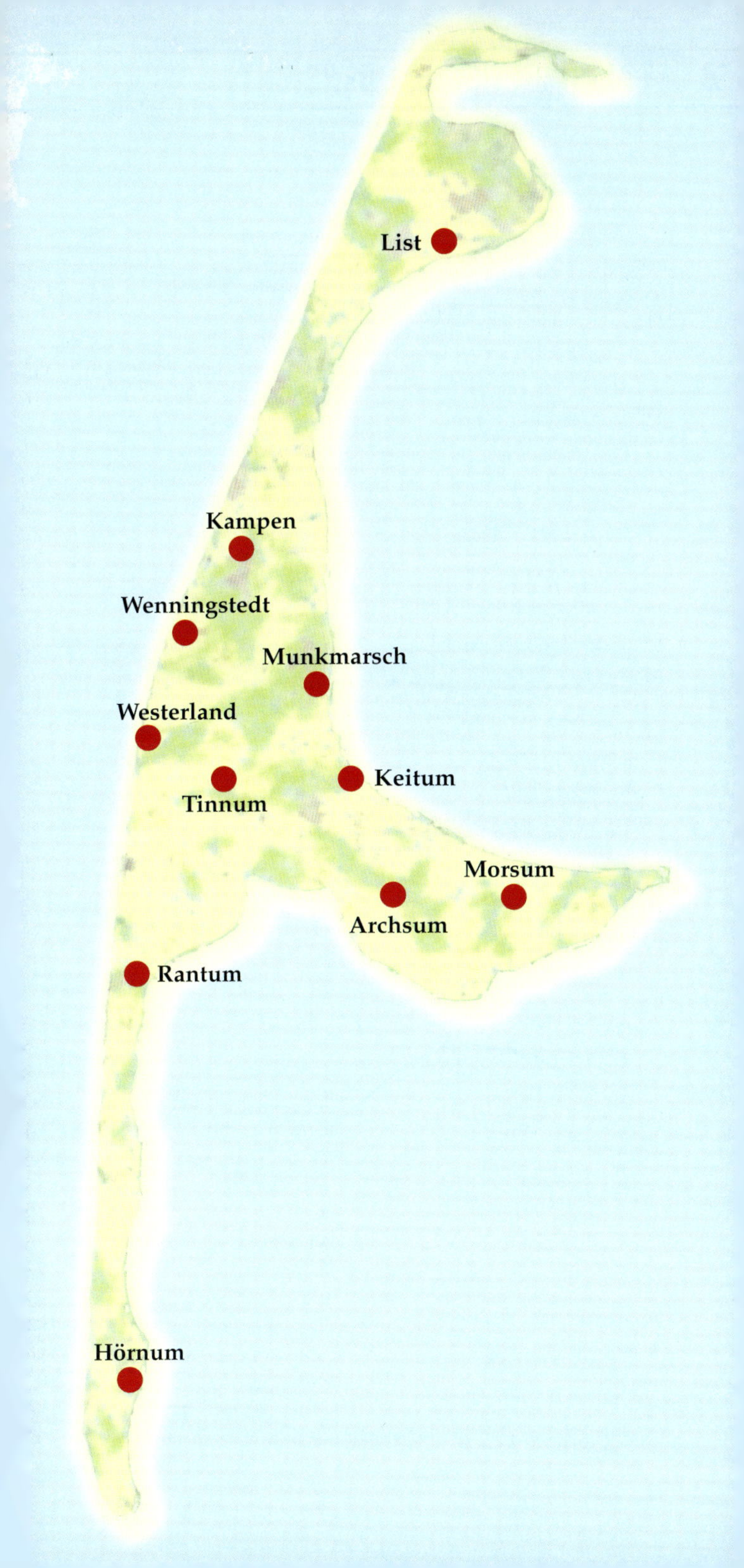
List
Kampen
Wenningstedt
Munkmarsch
Westerland
Keitum
Tinnum
Morsum
Archsum
Rantum
Hörnum

Krombacher
EINE PERLE DER NATUR.
Krombacher
Pils
Eine Perle der Natur
Krombacher
www.krombacher.de
MIT FELSQUELLWASSER GEBRAUT.

Christian VIII. ist eines der schönsten Privathotels der Insel.
Man wohnt stilvoll zu jeder Jahreszeit.

Eleganter Landhausstil und sanfte Farben setzen die Akzente in den geräumigen Suiten, die teilweise auch über eine eigene Gartenterrasse verfügen.

Gartenterrasse, teils mit Galerie), in denen friesischer Landhausstil auf ganz unkonventionelle Art interpretiert wird. Auch alle funktionellen Fragen sind optimal gelöst. So verfügt jede Suite über mehrere Telefone, Kabel-TV, Video, Stereoanlage mit CD, Faxanschluss und Safe, bis hin zu durchdachten Details wie überlangen Betten und einer diskret im eleganten Holzschrank versteckten Kitchenette mit Ceranfeld und Geschirrspüler. Wenn Hausgäste nicht selbst kochen wollen, werden sie von der Crew gerne mit kleinen Gerichten verwöhnt. Nachmittags locken köstliche Kuchen auf die Sonnenterrasse vorm Haus.

Hotel Christian VIII., Heleeker 1, 25980 Sylt-Ost/Archsum, Telefon 0 46 51 / 9 70 70, Telefax 0 46 51 / 97 07 77, Suiten von 430 bis 720 Mark, **Kreditkarten:** American Express, Diners Club, Eurocard, Visa

SEEPFERDCHEN SAMOA

ROMANTIK IN DEN DÜNEN

Inselromantik pur verbindet sich auf Sylt mit dem Strandabschnitt „Samoa“ zwischen Rantum und Hörnum. Hier genießt man über die Dünen hinweg einen der faszinierendsten Blicke auf die wogende Nordsee und das weite Wattenmeer. Das Restaurant Seepferdchen lädt dazu ein, länger zu verweilen und den Augenschmaus mit Gaumenfreuden zu verbinden.

Bei Rantum ist Sylt am schlanksten. Es gibt Stellen, an denen ist der Nordseestrand nicht viel mehr als 600 Meter vom Watt entfernt. Der breite Strand selbst, 8 km lang, ist einer der attraktivsten der Insel, zum Baden, für den Wassersport, aber auch für Wanderungen. Besonders sehenswert: die Eidum-Vogelkoje und das Rantum-Becken. Wer bei Rantum die Insel quert, lernt ein Dörfchen mit viel Überlebenswillen kennen. Immer wieder in seiner Geschichte wurde Rantum von den Fluten oder dem Flugsand verschlungen, immer wieder erstand es neu. Malerisch kuscheln sich seine reetbedeckten Häuser in die Dünen. Mitten in den Dünen liegt auch das Seepferdchen Samoa. Ein ganz besonderes kulinarisches Highlight, ein romantisches Plätzchen, das Strandspaziergänger zum Mittag gern als Rastplatz einnehmen, um sich gutbürgerlich mit Kutterscholle, Labskaus oder einem frischen Salat mit Filets vom Lamm oder der Entenbrust zu stärken. Auch friesische Leckerbissen wie Krabbenbrot, Kräuterrösti mit Lachs oder ein Fischersalat finden sich auf der Tageskarte. Beliebt der immer frisch gekochte Eintopf.

Wenn die Sonne scheint, was auf Sylt häufig passiert, und der Wind ein Weilchen Pause macht, lädt die herrliche Terrasse, „Schiffsdeck“ genannt, zum Lunch im Strandkorb. Nachmittags zeigt die hauseigene Konditorei, was sie kann. Lecker die hausgebackenen Kuchen, Apfel- oder Mohnstrudel. Besondere Spezialitäten: die frischen Marzipanwaffeln und die vielfach variierten Pfannkuchen. Dazu passen Tee und Kaffee und im Winter drinnen natürlich immer auch der Grog. Abends zeigt sich das Seepferdchen Samoa „fein herausgeputzt“. Kerzen beleuchten dann die behagliche Stube stimmungsvoll, und oft trägt die Natur Sondervorstellungen bei. Die Sonnenuntergänge sind voller Zauber. Auf festlich gedeckten Tischen werden Menüs der gehobenen Couleur nach regionaler Rezeptur aufgetafelt. Mit Finesse zubereitet hat sie Jens Dührkop und sich dabei des saisonalen Angebotes bedient, das Meer und Wiesen hergeben.

Er zieht die Register einer vielfältigen Fisch-Cuisine. Feinschmecker greifen gerne zu seiner Meeräsche in der Mohnkruste, zu einem Wolfsbarsch vom Grill, einem Steinbeißer in der Kartoffelkruste oder lassen sich ein Potpourri aus edlen Meeresschätzen wie Seezunge, Loup de mer und Baby-Steinbutt auf der Zunge zergehen. Fleischliebhaber kommen mit Carré vom Salzwiesenlamm, Brüstchen von der Barbarieente, ofenfrischen Flugenten und geschmorten Keulen vom Zicklein auf ihre Kosten. Eine besondere Verlockung sind immer die Desserts, ob man sich zu Mohnparfait auf Fruchtsaucen verführen lässt oder zu Zimtpflaumen auf Baileyschaum. Ein Dauerbrenner der süßen Abteilung: der geeiste Pharisäer.

Seepferdchen Samoa, 25980 Rantum, Tel.: 0 46 51 / 55 79, Telefax: 0 46 51 / 20 16 24, **Öffnungszeiten Küche:** täglich von 12.00 – 22.00 Uhr, Feine regionale Küche, **Vorspeisen** von 10 bis 23 Mark, **Hauptgerichte** von 10 bis 48 Mark, **Kreditkarten:** keine

Was Jens Dührkop aus frischem Fisch zaubert, ist einen Ausflug in die Dünen wert.

DORFKRUG ROTES KLIFF

WO TRADITION FESTE WURZELN HAT

Sie sind rar geworden, Restaurants, in denen das Engagement der Familien noch ungebrochen ist, wo Tradition gepflegt und die typischen Gerichte der Region frisch und gekonnt zubereitet werden. Der Dorfkrug Rotes Kliff in Kampen ist eine solche Adresse.

Hier verwöhnen Beate und Werner Stoltenberg ihre Gäste mit herzlicher Gastfreundschaft und gepflegter Gemütlichkeit. Man genießt die Behaglichkeit des traditionellen Gasthofes, das heitere Gespräch am Tresen, die ungezwungene Atmosphäre und natürlich die ausgezeichnete Küche. Küchenchef Dieter Jensen pflegt eine regionale Cuisine, die er hin und wieder mit internationalen Einflüssen bereichert. Lammkassler auf Rahmwirsing mit Thymiankartoffeln schmeckt ebenso delikat wie die hausgemachte Rinderroulade aus dem Ofen mit Apfelrotkraut und Petersilienkartoffeln. Der Steinbutt unter der Meerrettichkruste auf Hummernudeln kommt fangfrisch auf den Tisch. Ein flinker Service, der ausschließlich aus Damen besteht, kredenzt dazu bestens gezapftes Bier und vorzügliche Weinspezialitäten. Im Sommer mit Vorliebe auch auf den Friesenwallgeschützten Terrassen vorm Haus und dahinter unter mächtigen Ahornbäumen.

Dorfkrug Rotes Kliff, Inhaber: Werner und Beate Stoltenberg, Braderuper Weg 3, 25999 Kampen, Tel.: 0 46 51 / 4 35 00, Telefax: 0 46 51 / 4 18 79, **Öffnungszeiten Küche:** 12.00 – 14.30 Uhr, 18.00 – 22.30 Uhr, **Ruhetag:** keiner, **Vorspeisen** von 18 bis 25 Mark, **Hauptgerichte** von 26 bis 45 Mark, **Kreditkarten:** American Express, Eurocard

Insel der Gastlichkeit seit 1876:
Der Dorfkrug Rotes Kliff pflegt auch heute noch alte Traditionen.

REETHÜÜS

IDYLLISCHE GARTENLAGE

Das Reethüüs liegt mitten in einem schön gewachsenen Garten mit alten Baumbeständen und bringt mit Charme sein eigenes Flair in die Kampener Hotelszene.

Unweit des Strönwai, etwa 400 Meter wattwärts, wurde das ehemalige Wohnhaus von Dr. Ahlborn zu einem Hotel umgebaut. Die Zimmer und Suiten sind wohnlich gestaltet, mit schmalen Stiegen und individuell geschnittenen Räumlichkeiten. Zeitgemäßer Komfort ist Standard. Alte Bauernschränke und gemütliche Sitzgruppen bereichern das Wohnerlebnis. Ebenso großzügig ist gleich nebenan ein zweites Haus enstanden, das sich stilistisch und vom Zuschnitt her harmonisch anpasst. Die meisten Zimmer (18 plus 2 Suiten) haben eine eigene Terrasse inklusive Strandkorb mit Blick auf den alten Baumbestand und die Heideflächen; darüber hinaus gibt es eine Gemeinschaftsterrasse, die ebenso gerne genutzt wird wie die Sonnenkuhlen, die auf dem mit 6500 Quadratmetern riesigen Grundstück, einem der größten im Ort, verteilt sind. Falls die Meeresbrandung zu stark oder die Witterung zu wechselhaft ist, steht Gästen im Souterrain das hauseigene Schwimmbad mit Saunabereich und Liegen zur Verfügung sowie eine Bar, in der auch tagsüber kleine Snacks eingenommen werden können. Wer sich ins Sylter Nachtleben gestürzt hat: Das Frühstücksbuffet ist mittags um ein Uhr noch genauso üppig gedeckt wie morgens um neun.

Reethüüs, Hauptstraße 18, 25999 Kampen, Tel.: 0 46 51 / 9 85 50, Fax: 0 46 51 / 4 52 78, Zimmer und Suiten je nach Kategorie und Saison von 200 bis 650 Mark, **Kreditkarten:** American Express, Eurocard, Diners, Visa

Individuelles Refugium zwischen Strönwai und Wattenmeer.

GOGÄRTCHEN

EIN VIERTELJAHRHUNDERT ON TOP

Seit über 50 Jahren geben sich hier Promis die Klinke in die Hand und das (Gesellschafts-) Leben pulsiert. Der ewig junge Szene-Treff hat an Anziehungskraft nichts verloren, denn bei Rolf Seiche, dem Grandseigneur der Sylter Traditionswirte, ist das Gogärtchen schon 21 Jahre in allerbesten Händen.

1950 von der Bad Oeynhausener Familie Gogarten als Caféstube mit kleiner Restauration etabliert, begann der steile Aufstieg des „Gogärtchens" zum Prominententreff schon ein Jahr später. Gäste der erste Stunde waren u.a. Alfried Krupp, Berthold Beitz, Axel Springer und Werner Höfer. Nachdem das schmucke Friesenhaus mit seinem großen Garten die Aufbruchstimmung der 50er und die wilden 60er schadlos überstanden und Kampen zum berühmtesten Ort der Insel gemacht hatte, übernahm Rolf Seiche 1980 das Regiment in dieser zur Institution gewordenen Stätte des ausschweifenden Lebens. Seiche: „Das Gogärtchen ist die älteste Institution ihrer Art auf Sylt: Cocktailbar, Cafégarten, Open-Air-Bar und vorzügliches Restaurant." Diese explosive Mischung macht's. Und natürlich das Charisma vom Meister selbst, dem begnadeten Entertainer, der es schon immer verstanden hat, Prominenz um sich zu scharen. Schon am frühen Nachmittag lockt die Freiluft-Champagner-Bar das illustre Kampener Völkchen in den Garten, etwas später sind es die köstlichen Kuchen und Torten nach Originalrezepten der Oma Gogarten. Ab 18 Uhr genießen feine Gaumen die finessenreiche Küche, deren Basis-Kreationen der klassischen französischen Cuisine ent-

Für Rolf Seiche ist die Küche das „Herzstück des Hauses", sie bestimmt das Niveau. Entsprechend attraktiv ist das Innenleben im „Gogärtchen" gestaltet.

Schauspielerin und Stammgast Anja Schüte lässt sich von Rolf Seiche und seinem Küchenchef Thomas Fischer mit einer finessenreichen Küche verwöhnen.

stammen. Angereichert mit italienischen und euroasiatischen Elementen gibt man sich auch hier dem Zeitgeist hin. Selbstverständlich adäquat umschmeichelt von einer der namhaften Kreszenzen aus dem Weinkeller. Nachtschwärmer umlagern bis in den frühen Morgen die berühmte Gogärtchen-Bar. In dem charmanten Sylter Enrico Capone hat Rolf Seiche wieder einen Barkeeper gefunden, der die gute alte Tradition des Hauses fortsetzt: Mit den Gästen feiern bis zum Abwinken. Und wer seine Festivitäten lieber zu Hause erleben möchte, der bestellt einfach den „kleinen Käfer von Sylt" und ordert Rolfs Partyservice, der natürlich auf allen Sylter Großveranstaltungen vertreten ist.

Gogärtchen, Inhaber: Rolf und Lena Seiche, Strönwai, 25999 Kampen, Telefon: 0 46 51 / 4 12 42, Telefax: 0 46 51 / 4 11 72, **Öffnungszeiten Küche:** 14.00 Uhr bis open end, **Ruhetag:** keiner, **Vorspeisen** von 20 bis 45 Mark, **Hauptgerichte** von 41 bis 62 Mark, Geöffnet ab 21. Februar bis Ende Oktober; Weihnachten und zur Silvester-Gala, **Kreditkarten:** American Express, Diners, Eurocard, Visa

GOLF- UND LANDHAUS KAMPEN

DOMIZIL MIT CLUB-ATMOSPHÄRE

Einer der schönsten Golfplätze findet sich in Kampen in unmittelbarer Nachbarschaft zum eleganten „Golf- und Landhaus Kampen". Das reetgedeckte Refugium ist am Ort die erste Adresse nicht nur für Golfer, auch für alle, die eine betont persönliche Atmosphäre schätzen.

Vor zweieinhalb Jahren hat Gabriele Klinder dieses perfekt ausgestattete, bei den zahlreichen Stammgästen sehr beliebte Haus übernommen, dessen Interieur gemütlich-englischen Clubcharakter ausstrahlt. Angefangen im Kaminzimmer mit mehreren geschmackvollen Sitzecken bis hin zu den zwölf reichlich bemessenen Doppelzimmern und Suiten mit eigenem Kamin und Strandkorb auf der Terrasse. Der Komfort ist erstklassig, die Einrichtung fein und farblich aufeinander abgestimmt. Der zu Fuß zu erreichende Golfplatz Kampen bietet den Hausgästen eine interessante Greenfee-Ermäßigung. Nicht-Golfer vergnügen sich im hauseigenen Schwimmbad, in der Sauna, im Solarium oder nutzen das individuelle Health- und Beautyangebot. Kulinarisch verwöhnt das reichhaltige Schlemmer-Frühstück mit vielen Produkten aus biologischem Anbau und artgerechter Haltung. Auf Anfrage werden tagsüber auch kleine Snacks oder Salate serviert und nachmittags verführt der hausgebackene Kuchen.

Golf- und Landhaus Kampen, Direktorin: Gabriele Klinder, Braderuper Weg 12, 25999 Kampen, Telefon: 0 46 51 / 4 69 10, Telefax: 0 46 51 / 46 91 11, **Öffnungszeiten Küche:** garni und nach Vereinbarung, **Ruhetag:** keiner, **Kreditkarten:** American Express, EC-Card

Ein herrlich angelegter Garten umgibt dieses anspruchsvolle Domizil. Gern trifft man sich zur Blauen Stunde an der Hausbar zu einem schottischen Whisky.

RAUCHFANG

GRETAS CHARME AM STRÖNWAI

Greta Arjes' gemütlicher Rauchfang präsentiert sich am Kampener Strönwai, der schillernden Flaniermeile des Luxus und der puren Lebensfreude, als unkompliziertes und kommunikationsfreudiges Sit-In für ein illustres Publikum.

Ob man sich hier an der Innenbar die berühmte Erdbeerbowle einschenken lässt, mittags unter Sylter Sonne auf der Terrasse ein deftiges Szegediner Gulasch genießt oder den Nachmittag mit Kirschstreusel oder Mohnkäsekuchen versüßt – allgegenwärtig ist Gretas charmante, ansteckende Offenheit. Am Abend lässt das Küchenteam um Chefkoch Jürgen Scheider dann feine Vielfalt im Restaurant servieren. Frische Scholle „Finkenwerder" oder ein im Ganzen gebratener Steinbutt an Wurzelgemüse verlassen die Pfannen, der Küchenchef kreiert Erlesenes wie Maispoulardenbrust mit provenzalischem Gemüse oder bereitet die hausgemachten Bandnudeln mit edlen Waldpilzen der Saison zu. In der Bistro-Ecke kochen bereits muntere Abendschwärmer die gute Stimmung hoch. Dort brennt die Luft um so mehr, je schneller die Stunden rücken, und Gretas Terrassenbar ist sowieso einer der ersten Hits der Whiskeystraße. Wenn dann am Buffet-Rondell zu später/früher Stunde das Putting Green freigegeben wird, ist die Kampener Nacht um den reetgedeckten „Rauchfang" wieder einmal voll gelungen.

Rauchfang, Strönwai 5, 25999 Kampen, Telefon: 0 46 51 / 4 26 72, Telefax: 0 46 51 / 4 26 28, **Öffnungszeiten:** täglich 12.00 – 2.00 Uhr, durchgehend warme Küche, feine regionale und internationale Küche, **Vorspeisen** von 6 bis 27 Mark, **Hauptgerichte** von 14 bis 49 Mark, **Kreditkarten:** keine

Gruppenbild mit Chefin: Greta Arjes und ihre Herrenmannschaft.
Im Sessel Küchenchef Jürgen Scheider.

Ein Leckerbissen aus Jürgen Scheiders feiner Fischküche: Im Ganzen gebratener Steinbutt an Wurzelgemüse.

HOTEL HAMBURGER HOF

DAS LANGSCHLÄFERFRÜHSTÜCKSHOTEL

Das Credo des Hauses heißt: Verwöhnt werden auf exklusivem Level, jedoch mit jugendlichem Charme. Der Hamburger Hof gibt jedem Gast das Gefühl, in einem Privathaus zu logieren, unter Freunden zu sein. Deshalb ist wohl auch die Stimmung unter dem bunt gemischten Publikum so gut.

„Über uns ist nur der blaue Himmel und der liebe Gott." Die lässige, frische Art von Katharina Mjakota und Albert Strahmann geben der eleganten Herberge („Deutschlands exklusivste WG") ihr jugendliches Flair. Man spürt, dass die beiden Gastgeber sich mit Kampen und dem hier angesagten Lifestyle identifizieren. Und den teilen sie charmant mit ihren interessanten Gästen – vom Ferrari-Fahrer bis zum Polo-Spieler. An der gut bestückten Hausbar kommt man schnell in Kontakt, und Gesprächsstoff gibt es an der eventreichsten Zone in Kampen allemal. In Alexandra Mikula haben die Gastgeber eine engagierte Mitarbeiterin gefunden, die sich mit sichtbarer Freude um das Wohl der ihr Anvertrauten kümmert: Vom opulenten Langschläferfrühstück mit Champus, Krabben, Lachs und allem, was das Herz begehrt, bis zu Kaffee und Kuchen auf der Terrasse. Pool, Sauna und Wellnessbereich sowie ein hübscher Garten laden zum Relaxen ein. Und auch die geschmackvollen Zimmer überzeugen mit Ambiente und Flair.

Hamburger Hof, Inhaber: Dr. Albert Strahmann, Katharina Mjakota, Kurhausstraße 3, 25999 Kampen, Tel.: 0 46 51 / 9 46 00, Fax: 0 46 51 / 4 39 75, **Öffnungszeiten Küche:** garni, **Ruhetag:** keiner, **Kreditkarten:** keine

Echtes Kampen-Feeling – Inszeniert von den Gastgebern Katharina Mjakota (links) und Albert Strahmann sowie Alexandra Mikula.

IL RISTORANTE

EIN SCHÖNES STÜCK ITALIEN AUF SYLT

Schon der Name lässt Italienisches erhoffen, und der Gast, der sich nach großer Mittelmeerküche, temperamentvollem Service und Gastfreundschaft sehnt, im Il Ristorante ist er am Ziel.

Patron Antonio Kabani zeigt mediterran geprägtes Ambiente, das perfekt aufeinander abgestimmt ist. Das kräftige Rot der Tische, sattgelbe und blaue Polster und natürlich die großformatigen Werbeplakate aus der 20er und 30er Jahren an den Wänden schaffen ein unverwechselbares Flair. Kabani, passionierter Sammler, ist stolz auf seine Bilder – und das sollen alle sehen.

Mit einer reichen Auswahl feiner Genüsse überrascht die toskanisch und sardisch beeinflusste Küche von Gigi Dessi, dessen Passion der mediterranen Fischküche gilt. Mal gegrillt, mal gebacken oder gedünstet kommt je nach Saison allerlei Getier aus den Weiten der Meere auf den Tisch. Ein Gaumenschmaus aber auch so ein einfacher Ruccola-Salat mit Tomaten, Olivenöl aus der Toskana und Parmesan, dazu frische Früchte. Frisch und phantasievoll zubereitete Antipasti, verlockend und appetitlich in dekorativen Schüsseln angerichtet, stehen in der großen Eckvitrine zur Wahl. Pasta-Freunde schwören auf die leckeren Bandnudeln mit Trüffeln oder Pfifferlingen oder die hausgemachten Ravioli mit Spinat und Ricotta-Füllung. Hocharomatisch der Loup de mer im Salzmantel. Immer feine Genüsse: der Seeteufel, in Butter gebraten, mit Sommertrüffeln oder der gegrillte Kaisergranat mit Ruccola-Salat und Tomaten.

Antonio Gabani und Lebensgefährtin Ina (beide stehend) mit Team auf der sonnigen Gartenterrasse.

Im Sommer steht den Gästen die windgeschützte Strandkorb-Terrazza mit eleganter Teakmöblierung zur Verfügung, auf der auch Kaffee und die hausgebackenen Kuchen und Biscotti serviert werden. Aufheiternd und locker, passend also zum Ambiente, agiert das Service-Team um Chef Antonio und seine Lebensgefährtin Ina. Es gestaltet den Aufenthalt so angenehm wie möglich. Die Lektüre der Weinkarte macht Lust auf namhafte Kreszenzen aus den Bestlagen von Toskana, Piemont und Friaul. Und natürlich sind auch edle Tropfen aus Frankreich und Kalifornien vertreten.

Il Ristorante, Kurhausstr. 1, 25999 Kampen, Tel.: 0 46 51 / 49 51, Telefax: 0 46 51 / 4 59 42, **Öffnungszeiten Küche:** täglich 12.00 – 24.00 Uhr, Italienische Küche, **Vorspeisen** von 10 bis 25 Mark, **Hauptgerichte** von 31 bis 55 Mark, **Kreditkarten:** American Express, EC-Karte

Galbani
Die No. 1 für
talienischen Käsegenuss
Galbani steht für die reiche Vielfalt original italienischer Käsespezialitäten. Ob für einen frischen Salat mit Mozzarella und Tomaten, eine knusprige Gorgonzola-Pizza, mit Spinat und Ricotta gefüllte Ravioli oder eine leckere Tiramisù, Galbani bietet immer den passenden Käse zur Auswahl - und beste Qualität, damit sich Ihre Mühe lohnt.
ür leckere Rezeptideen oder Informationen schreiben Sie an:
bani Central Europe, Heinrich-Wieland-Str. 170, D-81735 München.

KUPFERKANNE

„BLUE MOUNTAIN“ MIT WATTENMEERBLICK

Schon die Anfahrt durch den weitläufigen Park am Rand von Kampen versetzt Besucher irgendwie in eine andere Welt. Auf der wunderschönen Gartenterrasse angelangt, fühlt man sich oft wie am Mittelmeer: kiesbestreute Wege, kuppelförmig geschnittene Kiefern und der Blick über die Weite des Wattenmeeres vermitteln ein warmes, mediterran anmutendes Lebensgefühl.

Selbst in der Hochsaison ist die Atmosphäre erfüllt von Frieden und Ruhe. Fast automatisch bleibt die Hektik außen vor, und man genießt den wohlverdienten Urlaub, während der Duft von frisch geröstetem Kaffee und gebackenem Kuchen vom Haus herüberweht. Ausflugsziele gibt es viele auf Sylt, doch nur wenige besitzen den Charme und die Ausstrahlung der Kupferkanne.

Im Jahr 2000 feierte sie ihr 50-jähriges Jubiläum. Was anderswo abgegriffene Wörter sind, geht hier eine wirkliche Verbindung mit dem Ort ein: Wörter wie einmalig und legendär. Damals wie heute schätzt das Publikum die exponierte Lage in der wild-romantischen Heide- und Kiefernlandschaft mit traumhaftem Blick auf die Weite des friesischen Wattenmeeres. Hier sitzen Gäste sonnig und geschützt auf einem Areal von bezaubernder Individualität.

Der Bildhauer Günter Rieck pflanzte im drei Hektar großen Park, aber auch auf dem Dach des Hauses, das sich an ein prähistorisches Hünengrab anlehnt, mit den Jahren etwa 30 000 Bäume. Seither werden die neuen Triebe jährlich um die Hälfte gestutzt. So erhal-

Wattenmeerblick von der Terrasse. Unten: Ruth Rieck und ihr Team präsentieren köstliche Kuchensorten vom Blech.

ten sie bis heute die ursprünglichen pittoresken Formen.
Doch Anfang Dezember 1999 wurde dieser idyllische Märchenwald stark zerstört. Orkan „Anatol" hinterließ eine Spur der Verwüstung. Für das Bruchholz fand man eine ungewöhnliche Lösung: Die Besitzer und Betreiber des Ausflugslokals suchten die schönsten Exemplare heraus, stellten sie auf den Kopf und plötzlich lockte die unvergleichliche Café-Terrasse mit einer neuen Attraktion. Entstanden sind fünf Meter hohe Baumskulpturen, von denen eine eigenartige Faszination ausgeht und die perfekt die harmonische Terrassenanlage mit den vielen kleinen Sitznischen ergänzen. Gemeinsam mit Konditormeister Willi Schäfer führt Ruth Rieck diesen zauberhaften Ort hingebungsvoll. Berühmt ist die Kupferkanne wegen ihrer Spitzenkaffees aus Mittel- und Südamerika, Äthiopien, Kenia. Als einziges Café in Deutschland importiert sie den legendären „Blue Mountain" direkt aus Jamaika. Täglich zweimal röstet Willi Schäfer die reinrassigen Bohnen im eigenen Spezialofen. Was für ein Duft! Und erst bei Bestellung wird das wohlriechende Röstgut frisch gemahlen, um anschließend, heiß überbrüht, sein volles Aroma in der großen Kaffeetasse verführerisch zu entfalten. Dazu zeigt die Konditorei ihre ganze Kunst, aber auch wer gerade keinen Gusto auf Süßes hat, wird satt. Die Küche sorgt dafür mit schmackhaften kleinen Gerichten.
Ruth Rieck, für die die Kupferkanne inzwischen zum Lebenswerk geworden ist, liegt dabei viel an dem Erhalt der insulanen Natur – und das nicht nur auf ihrem eigenen Grund und Boden. Schon seit Jahren unterstützt sie deshalb die Biobauern der Insel, kauft ihre marktfrischen Produkte nach naturgemäßer Saison. Obst, Gemüse, Getreide und Meeresgetier aus allerfeinsten Fanggründen kommen dann in der Kup-

Kleine Speisen, die gar nicht so klein sind, wenn's um die Portionen geht, sind die perfekte gänzung zu den Kuchenschlemmereien. Köstlich die Gemüse- und Meeresfrüchte-Quiches.

ferkanne frisch und fein zubereitet als schmackhafte Gemüsetorte, würziger Meeresfrüchte-Quiche oder aromareiche Folienkartoffel mit Krabben auf den Tisch. Die Salatschüsseln sind gefüllt mit dem, was die Natur gerade hergibt, und auch auf die Ingredienzen der köstlichen Gulaschsuppe ist Verlass. Sämtliche Portionen der kleinen Speisenkarte sind reichlich bemessen. So wie schon von den grandiosen Blechkuchen mit saftigem Obst, Nüssen, Mohn oder Quark gewohnt, die täglich aus dem eigenen Backofen kommen. Nahezu legendär: der Pflaumenkuchen.

Ein Erlebnis auch das opulente und gesunde Frühstück (es wird von 10 Uhr an bis in die späten Nachmittagsstunden serviert). Es gibt ein reichhaltiges Angebot frisch gepresster Säfte. Biologisch und selbst gebacken erfreuen fünf Sorten Buttermilchbrot, Vital- und Sonnenblumenbrot, Brötchen und Backwaren Tag für Tag die zahlreichen Gäste – Leckereien, die sich auch im Inneren wunderbar genießen lassen: einem Labyrinth der Behaglichkeit mit verwinkelten Gängen und schmalen Stufen, die zu märchenhaften Grotten führen.

Schön, dass sich dieses Ausflugsziel an einem Ort von Sylt befindet, der viel von seinem ursprünglichen Zauber behalten hat. Der Schweizer Schriftsteller Max Frisch notierte im Juli 1949 (im Jahr darauf wurde die Kupferkanne gegründet): „...die Wolken fliehen dahin. Meine Unterhaltung, wenn es nicht die Arbeit ist, sind Ebbe und Flut; das Wattenmeer mit glitzernden oder schäumenden Wellen, dann wieder ist es eine Wüste von Schlick. Ein Fischerboot sitzt mit schrägem Mast auf dem schwärzlichen Grund, wartend auf die nächste Flut. Am Ufer reitet ein Mädchen mit offenem Haar…“

Kupferkanne, Stapelhooger Wai 7, 25999 Kampen, Telefon: 0 46 51 / 4 10 10, Telefax: 0 46 51 / 4 38 10, **Öffnungszeiten Café:** ganzjährig ab 10.00 Uhr, **Ruhetag:** keiner, **Kreditkarten:** keine

Erste Sahne!
delicado
Die Butter für Feinschmecker
sahnigfein
250 g BUTTER, 82 % FETT
sahnigfein
delicado
Die Sahne-Butter.

MANNE PAHL

KULT IN DER SZENE

Manne Pahl, das ist eine Lokalität mit ganz eigenem Charakter, Szene pur, sichtbar geprägt durch seinen Wirt, den Luzerner Pius Regli. Wie kein anderer hält er mit visionären Einfällen und als idealer Mittler zwischen gewachsener Tradition und herzerfrischenden Ideen sein Restaurant gut auf Kurs.

Spätestens ab 10 Uhr vormittags stehen die ersten Gäste vor der Tür, um sich beim ausgiebigen Frühstück mit starkem Kaffee, knackigen Brötchen, Lachs und Rührei, frischgepresstem Orangensaft und Bircher Müsli (nach Mutter Reglis Originalrezept) von den „Strapazen" des Sylter Nachtlebens zu regenerieren. Ganz nach Gusto lässt man sich auf der Terrasse nieder zum „Sehen und Gesehen werden" oder sucht sich ein Plätzchen im Restaurant, eine mit Humor inszenierte Symbiose aus Berghüttencharme und Landhausstil. Und mittendrin Pius Regli, ein echtes Unikum, ein Original, einer, der seine Gäste zu unterhalten versteht, sonst hätte er nicht schon seit 15 Jahren so einen Riesenerfolg. Den Leuten gefällt's, und das danken sie mit Treue. Viele Stammkunden kehren schon seit Jahren immer wieder ein. Wenn nicht zum Frühstück, dann auf jeden Fall zum Kaffee. Schweizer Rübli-Torte, Gries-Kirschkuchen oder der geniale Mohnkuchen sind dann Pflichtprogramm. Von bemerkenswertem Erfolg gekrönt ist die Leistung der trendorientierten Küche. Sie gibt sich leicht und gern auch asiatisch. Im Ganzen gebratene Fische wie etwa den Loup de mer oder das frische Gemüse aus dem Wok mit Kräutern und Hähnchenbrust sind echte „Ren-

Für seinen Humor bekannt und immer für einen Spaß zu haben:
Der unverbesserliche Pius Regli mit seinem starken Team.

ner", ebenso die Spaghetti in Tandoorisauce mit Scampi. Doch nicht nur die kulinarischen Trendsetter kommen auf ihre Kosten, auch alle, denen die „Klassiker" des Hauses höchste Sinnenfreuden bereiten. Denn das legendäre Wiener Schnitzel (groß wie ein Teller) mit Bratkartoffeln oder die deftigen Eintöpfe haben seit Jahr und Tag Saison. Und im Anschluss an das ausgiebige Mahl gönnen sich Kenner eine der großen Braunen aus Pius Reglis beachtlichem Zigarrensortiment. Mit Vorliebe natürlich auf der überdachten Terrasse. Und was das Wetter betrifft – das ist bei Pius Regli relativ. Sogar wenn's mal etwas stürmt, lässt es sich auf seinem Freisitz noch aushalten. Der clevere Schweizer wärmt seine Gäste mit Heizstrahlern. Wenn das kein Service ist!

Manne Pahl, Inhaber: Pius Regli, Zur Uwe Düne 2, 25999 Kampen, Telefon: 0 46 51 / 4 25 10, Telefax: 0 46 51 / 4 44 10, Öffnungszeiten Küche: 10.00 – 23.00 Uhr, Ruhetag: keiner, Vorspeisen von 11 bis 19 DM, Hauptgerichte von 20 bis 35 DM, Kreditkarten: EC-Karte, American Express, Diners Club, Eurocard, Visa

Sylter Sunset-Flair:
Pius Regli gönnt sich
gern eine „Pius-Zigarre“
aus edlen domenikanischen Tabakblättern –
von Hand gerollt.

ODIN

SCHLECKER-MEKKA AM STRÖNWAI

Pfingsten 2001 geht das Odin in seine zwölfte Saison. Das „kleine Leysieffer" – das „Große" ist in der Friedrichstraße in Westerland – ist auf dem Strönwai eine Institution und gehört allein schon deshalb zum Pflichtprogramm auf Sylt.

Wer möchte, kann hier den ganzen Tag verbringen. Das Sehen- und Gesehenwerden erleichtert die erhöhte Terrasse. „Wer hier Platz nimmt, hat einen Logenplatz an der Whiskystraße", zitiert Heike Lübke, gebürtige Bremerin, gerne einen Stammgast. Die Köchin und Foodstylistin leitet den In-Treff mit seinen Delikatessen seit acht Jahren. Allein das Angebot an selbst gebackenen Kuchen spricht im „Odin" Bände: neben Früchtekuchen mit allem, was die Saion zu bieten hat, Rübli- oder Pflümli-Kuchen, Joghurt-Erdbeerrahm, Ananaskokos-, Pfirsichmakronen- oder Johannisbeerbaiserkuchen locken vielfältige Leckereien in dieser sahnig-süßen Wunderwelt. „Dazu kommen Strudel in allen Variationen", erläutert die agile Geschäftsführerin. Fünf Konditoren und drei Köche werkeln tagtäglich in Westerland zum leiblichen Wohl der Urlauber. Doch das ist noch nicht alles. Wer erst mal auf den Geschmack gekommen ist, greift dann auch zu den Konfitüren oder etwas beherzter zu den „Himmlischen" in der Trüffel-Vitrine, die bekanntesten Pralinés aus der Leysieffer-Sammlung.

Odin – das kleine Leysieffer, Geschäftsführerin: Heike Lübke, Strönwai 10, 25999 Kampen, Telefon 0 46 51 / 4 54 55, Telefax 0 46 51 / 4 66 18, Öffnungszeiten Küche: ab 10.00 Uhr (in der Saison), ab 11.00 Uhr (außerhalb der Saison) bis open end, Ruhetag: keiner, Speisen von 4 bis 25 DM, Kreditkarten: keine

Wer möchte, kann hier den ganzen Tag verbringen:
vom französischen Frühstück bis zum abendlichen Absacker.

PONY

DER KULTCLUB WIRD 40!

Showbiz, Medien- und Wirtschaftswelt, Politik oder Geldadel – die Sphären mischen sich im Publikum. Die Stimmung bleibt dabei stets locker und amüsant, zu vorgerückter Stunde zeigt sie prickelnd-überschäumenden Charakter. So sieht Nightlife im Nobel-Nacht-Club Pony aus – seit nun genau vier Jahrzehnten.

Herzlichen Glückwunsch zum runden Geburtstag! 40 Jahre ist es her, dass das Pony in Kampen auf die Beine kam, gegründet von Herrn Reckert, den man Mr. Pony nannte, weil er in München eine Bar namens „Pferdestall" hatte. Ein halbes Jahrzehnt später wurde das Pony bereits weltberühmt. Unter der Leitung von Gebi Götsch und seiner Frau Renate kamen der Jetset und die Prominenz, die Sachs, Springer, Flick, Krupp, Juhnke, Beitz, Boenisch, Netzer, Lindenberg …
Heute ist der Südtiroler Oskar Schnitzer Chef. Er versteht es prächtig, neue und alte Gäste zündend zu mischen und „die Puppen tanzen" zu lassen. Derweil drängen sich andere wohlgestylte – das ist hier gern gesehen – Gäste um die Bar, zum Auftanken nach hitzigen Tanzeskapaden oder zum anregenden Smalltalk am roten Tresen. Man oder frau nippt vorzugsweise am „PS", am „Pony-Spezial", dem ultimativen, schwer angesagten Super-Cocktail aus Wodka, Zitrone, Cointreau, Curaçao bleu und Champagner, und wer erst mal 3 PS hat, der ist fit für die höheren Touren.
Für den kleinen Hunger findet man leckere Petitessen wie Canapés oder norwegischen Lachs auf Toast auf

Wer in Deutschland Rang und Namen hat, wurde an dieser Theke schon gesichtet.

Sorgen dafür, dass auch nach vier Jahrzehnten die Stimmung nicht in die Jahre kommt: Oskar Schnitzer (vorne 2. v. l.) und seine Pony-Crew.

der Karte. Wer mehr Appetit und mindestens 12 Personen mitbringt, bekommt auf Vorbestellung selbst ein ganzes Menü serviert. Dazu bietet der Keller ausgewählte und feinste Kreszenzen aus aller Welt. Und was den Champagner betrifft, so ist der hier ohnehin „Stammgast" und fließt reichlich – bereits am späten Nachmittag. Dann machen nämlich Biergarten und Freiluftbar fürs Kampener Publikum Türen, Zapfhähne und Korken auf, und man gleitet gemütlich vom erlebnisreichen Tag ins wilde Nachtleben über.

Pony, Strönwai 6, 25999 Kampen, Telefon/Telefax: 0 46 51/ 4 21 82, **Öffnungszeiten in der Saison:** täglich ab 22 Uhr, Vor- und Nachsaison nur Donnerstag bis Samstag, **Kreditkarten:** American Express, Diners, Eurocard, Visa

RESIDENZ WESTERHEIDE

MIT DEM TAPPE-TYPISCHEN KOMFORT

Falls Detlef Tappes beliebter „Walter's Hof" mal ausgebucht ist, weichen Stammgäste gerne auf die elegante Residenz Westerheide am Anfang der Kurhausstraße aus. Das bezaubernde Reetdachhaus unweit der Kampener Heide- und Dünenlandschaft erweist sich als ausgezeichnete Adresse für einen Sylt-Urlaub nach Maß.

Die Residenz Westerheide ist einer dieser Geheimtipps, die man am liebsten ganz für sich behalten möchte. Zentral und doch ruhig gelegen, bietet das im typischen Friesenstil erbaute Hotel den richtigen Rahmen, in dem sich Einzelreisende oder Pärchen genauso wohl fühlen wie Familien mit Kindern. Die großzügigen Suiten im Maisonettestil sind elegant und luxuriös eingerichtet. Detlef Tappe selbst, der vor seinem Aufstieg in die Sylter Gastronomie ursprünglich einmal Innenarchitekt werden wollte, hat Stoffe, Farben, Accessoires und die Interieurs jeder Suite mit ausgesucht. Der behagliche Landhausstil, in dem sich alle individuell möblierten Räumlichkeiten präsentieren, lassen den Schluss zu, dass er auch als Innenarchitekt Furore gemacht hätte. Tappe-typischer Komfort wie Schwimmbad, Sauna, Massage, Whirlpool, Kosmetik und ein perfekter Service fast rund um die Uhr sind natürlich auch in der Residenz Westerheide selbstverständlich.

Residenz Westerheide, Inhaber: Detlef Tappe, Kurhausstraße, 25999 Kampen, Reservierungen unter Tel.: 0 46 51 / 98 96-0, Telefax: 0 46 51 / 4 55 90, E-Mail: waltershof@t-online.de, Kreditkarten: EC-cash

Das sehr geschmackvoll gestaltete Refugium präsentiert das richtige Wohnambiente für einen gelungenen Sylt-Urlaub.

HOTEL RUNGHOLT

EXKLUSIVE FAMILIENTRADITION

Hotels gibt es auf Sylt jede Menge: große und kleine, einfache und luxuriöse. Aber jene familiengeführten Traditionsdomizile, die dem Aufenthalt einen ganz persönlichen Touch geben, findet man leider immer seltener. Einer dieser raren Schätze ist das Hotel Rungholt in Kampen.

Bereits im Jahre 1933 empfing das Stammhaus, das im Laufe der Jahre immer wieder umgebaut und erweitert wurde, seine ersten Gäste. Seitdem hat sich natürlich viel geändert. Doch die exponierte Lage und die familiäre Gastlichkeit sind heute wie früher die Trümpfe der Familie Erdmann. Sie leitet die Geschicke des Hauses inzwischen in der vierten Generation. Wer hier wohnt, kann die ganze hinreißende Schönheit der Insel erfassen: Den weißen Strand von Kampen und die unendliche Weite der Nordsee zur Linken, rechts das Wattenmeer und dazwischen der Leuchtturm, die geheimnisvolle Landschaft der Dünenzüge und die dicht bewachsene Heide. Diese Lage garantiert einen Aufenthalt in herrlicher Ruhe: die Kurhausstraße endet direkt vor den vier aneinandergebauten Häusern des Hotels mitten im Naturschutzgebiet, weiter geht es nur zu Fuß und nach wenigen Schritten ist man am Roten Kliff. Der neue Wellnessbereich mit Swimmingpool, Sauna, Solarium und Massageräumen sorgt für Fitness und Entspannung.

Hotel Rungholt, Kurhausstraße 35, 25999 Kampen, Telefon: 0 46 51 / 44 80, Telefax: 0 46 51 / 4 48 40, www.Kampen.de, E-Mail: Hotel-Rungholt@t-online.de, ganzjährig geöffnet, das Restaurant für Hausgäste täglich ab 18.00 Uhr, Zimmer und Suiten von 185 bis 600 Mark

Sabine und Dirk Erdmann leiten bereits in vierter Generation die Geschicke des Traditionshauses.

STURMHAUBE ON THE BEACH

EIN MAGISCHER ORT IST WIEDER ERWACHT

Um die Sturmhaube auf dem Roten Kliff war es in den letzten Jahren still geworden. Detlef Tappe hat sie wieder ins Gespräch gebracht: durch die gelungene Mixtur aus Bistro, Außer-Haus-Service und exklusivem Privatclub.

1000 Quadratmeter gastronomische Events, mitten im Naturschutzgebiet und ein Konzept, das auf Sylt seinesgleichen sucht. Dank des Engagements von Detlef Tappe ist die neue „Sturmhaube on the Beach" wieder ein Juwel unter den Insel-Restaurants geworden. Wer das Haus von der Seeseite betritt, hat im Erdgeschoss die Wahl zwischen „EMMA'S", einem Bistro im „American Diner"-Stil mit Take-Away-Service oder dem großzügigen Restaurant „Sunny and easy!" mit Frische-Küche und über 100 Plätzen sowie Seeblick vom Rondell aus. Von 14.00 bis 19.00 Uhr lädt im ersten Stock das Café zu Tee, Kaffee und Kuchen. Nach 19.00 Uhr mutiert dieser gastronomische Bereich zur klassischen Cocktail-Bar mit Piano Live-Musik. Hier, im „WILLY'S" führt man anregende Gespräche oder tanzt bei romantischer Stimmung durch die Nacht. Eine echte Novität in diesem kulinarischen Quartett ist das angeschlossene Business-Center mit modernsten Kommunikationsmitteln. Für einen illustren Kreis Auserwählter gibt es noch den „Club Sturmhaube".

Sturmhaube on the Beach, Inhaber: Detlef Tappe, Riperstig 1, 25999 Kampen, Telefon: 0 46 51 / 99 59 40, Telefax: 0 46 51 / 9 95 94 19, **Öffnungszeiten Küche:** 9.00 – 24.00 Uhr, E-Mail: sturmhaube@t-online.de, Internet: www.sturmhaube.de

Das neue Konzept geht auf: Erlebnisgastronomie vom Feinsten.
Auch das Restaurant „Sunny and easy!“ gehört dazu.

VILLAGE

ERLESENER STIL

Gäste des Village logieren nicht weit von der mondänen Sphäre des Strönwai und doch abgeschieden in der Ruhe der traumhaften Kampener Natur. Gelungene Architektur, kosmopolitische Interieurs und phantasievoller Service sind die Markenzeichen.

Weltoffenheit prägt die Atmosphäre. Man wohnt in vierzehn Doppelzimmern und Suiten, genießt weltläufige Gastlichkeit und ein Ambiente von erlesenem Geschmack. Überall tritt die persönliche Note hervor. In den Wohn-Ensembles spielen unterschiedliche Stile miteinander, die Kombination verrät erstklassiges innenarchitektonisches Können. Kein Wunder, Peter und Minka Stütz haben hier ihre jahrzehntelange Erfahrung als Einrichter Gestalt werden lassen. Das Hotel zeigt unverkennbar ihre Handschrift. Schöne Gegenstände, im Laufe eines langen Sammlerlebens zusammengetragen, spielen eine Hauptrolle. So entsteht stilvolle Wohnkultur und zugleich eine Sphäre, in der sich Gäste wohl und behaglich fühlen. Angenehm dabei der persönliche Service und die individuelle Betreuung durch ein aufmerksames Team.

Was für ein Vergnügen, in solcher Umgebung den Tag mit einem ausgiebigen Frühstück zu beginnen. Wer möchte, kann sich damit Zeit lassen bis mittags. Wer einen Lunch bevorzugt, ist im Restaurant des Village ebenso willkommen wie für ein schönes Dinner. Die Küche ist ausgezeichnet, obwohl sie nur für Hausgäste da ist. Man speist geschmackvoll wie es der kultivierten Ambiance entspricht, vom Sushi übers perfekt gegarte Lamm bis zu den marktfrischen Fischspe-

Ausgesuchte Interieurs mit ganz persönlicher Note
sind die Visitenkarte des Village.

Gekocht wird nach den individuellen Wünschen des Gastes, hier euro-asiatisches Finger-Food.

zialitäten. Wer Ausflüge liebt, kann sich einen lecker gefüllten Picknickkorb bestellen. Der hauseigene MCC Smart steht als Mietwagen zur Verfügung. Will man noch naturnäher auf Achse gehen, leiht man sich eines der edlen Wiesmann-Fahrräder. Exklusiv das Wellnessangebot. Schwimmbad, Sauna und Solarium bieten Erholung für Sinne und Seele, vielleicht verwöhnt man sich zusätzlich mit einer der variantenreich angebotenen Massagen. Als Geheimtipp gelten die von der Village-Crew ausgerichteten Partys: Barbecues im Garten, Gourmetbuffet mitten in den Dünen, kulinarische Inseltouren im Oldtimer-Bus und vieles mehr.

Village, Inhaber: Peter und Monika Stütz, Alte Dorfstraße 7, 25999 Kampen, Tel.: 0 46 51 / 4 69 70, Telefax: 0 46 51 / 46 97 77, Internet: http://www.village-kampen.de, **Öffnungszeiten Küche:** bis 13.00 Uhr Frühstück bzw. kleine Speisen, von 18.00 bis 21.00 Uhr kleine Speisen + tägl. wechselnde Menüs, Halbpension möglich, Sonderwünsche auf Anfrage, **Ruhetag:** keiner, Zimmer und Suiten je nach Saison und Kategorie von 360 bis 740 Mark, **Kreditkarten:** American Express, Diners Club, Eurocard, Visa

Grazie
allen Genießern
dieser Welt!
SAN PELLEGRINO TERME
1899
SANPELLEGRINO S.p.A. - MILANO - ITALIEN
S.PELLEGRINO
SAN PELLEGRINO TERME
ABFÜLLBETRIEB IN
(BERGAMO) ITALIEN
INHALT 1 L e
SAN PELLEGRINO
ACQUA INTERNAZIONALE

VOGELKOJE

GENUSS ZU JEDER ZEIT

Kaum wärmt die strahlende Frühlingssonne die Sylter Luft, sitzen schon die ersten Gäste der Vogelkoje draußen im Garten, geschützt unter Pappeln und Birken oder unter dem vorspringenden Reetdach. Drinnen hat man's genauso hübsch. Die Karte zeigt eine feine Palette von Köstlichkeiten aus Küche und Konditorei.

Die Vogelkoje – so benannt nach dem ehemaligen Entenjagdgebiet, an dem sie sitzt – ist eine reizvolle kulinarische Anlaufstelle für jede Tages- und Abendzeit. Die Wirte, Andreas Bernert (u.a. Gogärtchen, Jörg Müller, Windrose) und seine langjährige Freundin Andrea Woog sind schon bei der ersten Mahlzeit kurz nach dem Aufstehen für ihre Gäste da. Man frühstückt (von 9.30 bis 17.00 Uhr) je nach Laune „solide" mit Mettwurst, „klebrig" mit Honig, „feurig" mit Fleischwurst und Paprikasauce auf dem Brötchen, aber auch, wenn's sein soll, mit Pommery, Lachs und Kaviar. Alle, die der große Hunger packt, greifen ab 12 Uhr zur Tageskarte (Regionales vom Pannfisch über Königsberger Klopse bis zum „Kojenknüller", einem Tagesgericht zum attraktiven Preis). Leckeres vom Sylter Konditor versüßt den Kaffee- und Teedurst am Nachmittag, und abends ist man an einer exquisiten Adresse der gehobenen Sylter Küchenkunst angekommen.

Vogelkoje, Lister Straße, 25999 Kampen, Tel.: 0 46 51 / 9 52 50, Telefax: 0 46 51 / 95 25 95, Internet: www.abc-sylt.de/vogelkoje, **Öffnungszeiten Küche:** 9.30 – 22.00 Uhr, **Ruhetag:** keiner, regionale und Feinschmeckerküche, **Vorspeisen** von 14 bis 40 Mark, **Hauptgerichte** von 28 bis 52 Mark, **Kreditkarten:** EC-Card

Ein Klassiker in der Vogelkoje: die Ente mit Rotkohl und Knödeln.

WALTER'S HOF

DIE ADRESSE IM NOBELDORF

Das Hotel „Walter's Hof", exklusive Adresse für Prominente, Künstler und Individualisten in unmittelbarer Nähe des Roten Kliffs und der Uwe Düne, ist selbst für Sylter Verhältnisse etwas Besonderes. Schon die Lage ist nicht mit Gold aufzuwiegen. Erst recht nicht der Blick über die urwüchsige Heidelandschaft, die weiten Dünen, die Nordseebrandung und das Wattenmeer.

Großzügige Appartements (mit getrennten Wohn- und Schlafräumen), Zimmer und Suiten (auch als Familienappartements mit Kochnische), die phantasievoll, elegant und bequem ausgestattet sind, begeistern selbst verwöhnte Geister. Aufwändig gestaltete Badezimmer, Farb-TV, Minibar und Selbstwähltelefon und alles, was das Herz eines Kampenfans sonst noch so begehrt. Dabei gleicht kein Logis dem anderen. Sportliche Naturen nutzen darüber hinaus das hauseigene Schwimmbad fürs tägliche Fitnesstraining, zusätzlich sorgt die Okkaido-Ozonanlage für neue Vitalität, schönere Haut und eine schlankere Figur. Weitere Entspannung für Körper und Seele liefern Sauna, Solarium und wohltuende Massagen.

Detlef Tappe, der zu den schillerndsten Persönlichkeiten auf der Frieseninsel zählt, empfängt seine illustre Gästeschar regelmäßig zum allabendlichen Gourmet-Spektakel bei Kerzenschein und Panoramablick in „Tappe's Restaurant" im „Walter's Hof". Eine Atmosphäre, die auch den ambitionierten Küchenchef Kai Sanders zu Höchstleistungen ansporn. Frühere Stationen des sympathischen jungen Mannes waren unter

Einmaliger Blick auf die Nordseebrandung und das Wattenmeer:
Das gibt es so nur in den geschmackvollen Logis von Walter's Hof.

anderem Jörg Müller, der „Brückenkeller" in Frankfurt, das „Carlton" in St. Moritz, die „Traube" in Tonbach sowie als letzter Fixpunkt das „Sansibar" in Rantums Dünen. Der gebürtige Bremer ist seit dem dritten Lebensjahr auf Sylt zu Hause – entsprechend finden sich regionale Ausprägungen auch auf seiner Speisenkarte mit deutlich erkennbarer eigener Handschrift. Sanders: „Ich koche auf einer klassischen Basis mit euro-asiatischem Einschlag und versuche interessante Produkte aus der ganzen Welt zu verarbeiten – dazu zählt natürlich auch der Nordseefisch vor unserer Haustür." Damit sorgt er zum einen für Kontinuität, zum anderen setzt er punktuell eigene Akzente. Selbstverständlich wechseln die Speisenkarten mehrmals wöchentlich und auch Sonderwünsche, die nicht auf der Karte stehen, werden von Küchenchef Kai Sanders gern erfüllt. Zu seinen Zubereitungen trinkt man Weine aus einem der exquisitesten Keller der Insel. 300 Lagen, die man sich übrigens später auch zu Hause munden lassen kann, verzeichnet die Weinkarte. Denn „Tappe's Weinatelier" versendet die guten Tropfen wohin der Gast es wünscht. Und nach welchen Kriterien stellt Weinkenner Tappe seine Kreszenzensammlung zusammen? „Was mir schmeckt, schmeckt auch meinen Gästen!" Vorzugsweise seltene französische Jahrgänge.

Außerdem verwöhnt der agile Detlef Tappe seine Gäste mit einem noblen Jaguar-Limousinen-Service, und als besonderes Bonbon erhalten Stammgäste die Möglichkeit, mit der Viermastbarke „Sea Cloud" eine Kreuzfahrt durch die Karibik zu unternehmen.

Walter's Hof, Inhaber: Detlef Tappe, Kurhausstraße 23, 25999 Kampen, Tel.: 0 46 51 / 98 96-0, Telefax: 0 46 51 / 4 55 90, **Öffnungszeiten Küche:** Tappe's Restaurant 7.00 – 12.30 Uhr Frühstück, ab 12.30 Uhr Kaffee und Kuchen, ab 18.00 Uhr Abendkarte, **Ruhetag:** keiner, **Vorspeisen** von 16,50 bis 44 DM, **Hauptgerichte** von 38 bis 54 DM, **Kreditkarten:** American Express, EC-Card

Ambiente mit Ausblick: Tappe's Restaurant. Aromatisch:
Seeteufel und Hummer mit orientalischen Gewürzen auf rotem Reis.

ZUM LEUCHTFEUER

ÄLTESTES RESTAURANT IN KAMPEN

Das Restaurant Zum Leuchtfeuer in Kampen ist nicht nur so alt wie die Bundesrepublik, es ist auch das älteste Restaurant in Kampen. Anneliese und Siegfried Vogt, die Eltern des jetzigen Eigentümers, hatten es 1949 in einer Baracke eröffnet. Zum 50-Jährigen gab es dann auch stilgerecht Speisen aus den 1950er Jahren zum Preis von damals.

Wer das gastliche Haus im typischen Friesenstil betritt, findet rechter Hand den Gastraum und links ein Kaminzimmer mit dem Thekenbereich. Die blau getünchten Wände schmücken Bilder von befreundeten Sylter Malern. „Nicht nur bei Künstlern, auch bei den Stammgästen kommt unsere Traditionsküche gut an", erzählt Michael Vogt, „egal ob Königsberger Klopse, Wildente oder Rote Grütze." Diese Speisen waren schon immer ein Renner im Leuchtfeuer. „Ab und an gibt es auch mal eine Rinderroulade, einen Rheinischen Sauerbraten oder ein Paprikagulasch", erläutert das Urgestein der Sylter Gastronomie und Lammliebhaber Vogt. „Einfache Gerichte nach Hausmacherart, die aber immer geschmackvoll zubereitet werden." So wie die „feineren" Speisen, die auf der kleinen, aber ausgesuchten Karte natürlich nicht fehlen dürfen – von der Hasenkeule über den norwegischen Lachs bis zum Steinbeißerfilet.

Zum Leuchtfeuer, Eigentümer: Michael Vogt, Süder Weg 2, 25999 Kampen, Tel. 0 46 51 / 4 40 41, Telefax 0 46 51 / 4 40 43, **Öffnungszeiten Küche:** 12.00–14.00 Uhr und 17.30–22.00 Uhr, **Ruhetag:** Donnerstag, **Betriebsferien:** Mitte November bis Mitte Dezember, Anfang Januar bis Mitte Februar, **Vorspeisen** von 12 bis 19 DM, **Hauptgerichte** von 23 bis 48 DM, **Kreditkarten:** EC-Card

Traditionelle Speisen unterm Reetdach.
Hier schmücken Sylter Maler die in friesischem Blau gehaltenen Wände.

AARNHOOG

HOTEL GARNI DER SPITZENKLASSE

Ursprünglich war das Hauptgebäude dieses geschätzten Hotels garni, wo heute auch die urgemütliche und beliebte „Tee- und Kaffee-Stuuv" untergebracht ist, ein typisches Keitumer Wohnhaus mit angebautem Stall. Seinen Namen „Aarnhoog" erhielt es aus der alten Parzellenbezeichnung, sie bedeutet „Adlerhügel". Das First-Class-Refugium mitten im alten Keitum feierte soeben unter neuer Leitung seine Wiedereröffnung.

Gerhard Pohl und Jasmina Klessa haben das Aarnhoog von unten bis oben renoviert und ihm ein neues Gesicht gegeben. Heller, feiner Landhausstil prägt die Atmosphäre. Ausgesuchte Antiquitäten sorgen für individuelles Wohngefühl, Kamine für wohlige Mußestunden an kühlen Tagen, sehr gelungen die schönen neuen Bäder. Top-Komfort ist selbstverständlich. Gäste logieren in 12 Suiten und Doppelzimmern. Die meisten davon sind Maisonetten, gehen also über zwei Etagen. Es gibt private Terrassen und direkte Zugänge zum schönen großen Indoorpool. Fitnesscenter, Dampfbad und Solarium sind angeschlossen, ein erweiterter Wellnessbereich ist im Plan. Die behagliche Tee- und Kaffeestuuv blieb für die Hausgäste das kulinarische Zentrum. Hier lässt man sich Frühstück, hausgemachte Kuchen und einen leckeren Imbiss schmecken. Garant für unterhaltsam-gesellige Abendstunden: die Aarnhoog-Bar.

Hotel Aarnhoog, Gaat 13, 25980 Keitum, Tel.: 0 46 51 / 39 90, Fax: 0 46 51 / 3 99 99, **Öffnungszeiten Tee- und Kaffee-Stuuv:** 8.00 – 18.00 Uhr, **Bar:** ab 16.00 Uhr, Zimmer und Suiten je nach Saison von 280 bis 600 Mark

Mitten im alten Keitum, umgeben von üppigem Grün, zeigt das Aarnhoog stilvolles Flair. Unten: der große Indoorpool.

ALTE FRIESEN-WIRTSCHAFT

MEDITERRANES MIT REGIONALEM AKZENT

Seit über sechs Jahren setzt Chefkoch Ingo Willms hier zwar markant mediterrane Akzente, vernachlässigt aber auch nicht die Pflege regionaler Gerichte. Willms illustre Stationen vor der Alten Friesenwirtschaft waren u. a. Bachmair am Tegernsee und das Landhaus Stricker in Tinnum.

Inhaber Jürgen Wolff hat das über 100 Jahre alte malerische Friesenhaus mit seiner weißen Fassade schon vor einigen Jahren gründlich restauriert. Bis spät in den September lässt es sich auch im Garten wunderbar tafeln. Dann könnte es zum Auftakt einer Menüfolge zum Beispiel Tapas-Variationen mit Calamarissalat, dicken weißen Bohnen mit Fenchel-Salami und Sardinenfilets mit Sellerie in Tomaten-Safrandressing geben, gefolgt von einer Hummercremesuppe mit Cognac und frischem Scherenfleisch. Fischliebhaber wählen eher ein Steinbeißerfilet auf saftigem Ratatouille-Gemüse mit Bärlauchpesto und Kartoffel-Gratin. Wer es lieber etwas deftiger mag, könnte zum äußerst schmackhaften, in der Rosmarin-Tomatensauce geschmorten Ossobuco von der Lammhüfte greifen, das Willms, übrigens ein gebürtiger Bremer, mit hausgemachten Schafskäse-Tortellini verfeinert.

Alte Friesenwirtschaft, Inhaber: Jürgen Wolff, Gurtstig 32, 25980 Keitum, Telefon 0 46 51 / 37 04, Fax 0 46 51 / 3 33 68, **Öffnungszeiten Küche:** 12.00–22.00 Uhr, **Ruhetag:** keiner, Weihnachten und Silvester geöffnet, **Vorspeisen** von 10 bis 22 DM, **Hauptgerichte** von 22 bis 44 DM, **Kreditkarten:** American Express, Diners Club, Eurocard, Visa, EC-Card

Einst einfache Kneipe, jetzt feines Restaurant mit Anspruch:
die „Alte Friesenwirtschaft" in Keitum.

BENEN-DIKEN-HOF

„INSEL AUF DER INSEL“

Der Hof hinterm Deich, so die Übersetzung aus dem Friesischen für Benen-Diken-Hof. Dieses prächtige Anwesen mit seinen 15 000 qm Fläche ist wie geschaffen für einen Urlaub fernab von Hektik und Stress. Für viele ist es schlichtweg das Land-Hotel der Insel, großzügig in seinen Dimensionen, doch sehr privat in Ambiente und Service.

Außen sind die Mauern der verschiedenen, miteinander verwobenen Hausteile freundlich weiß gekalkt, beschirmt von Reetdächern. Innen begegnet man einer Mischung aus traditionellem Friesenstil, wertvollen Antiquitäten und frischen, schnörkel- und zeitlosen Elementen. In den komfortablen Zimmern, Suiten und Appartements genießt man Sylter Landhausstil.
Für Fitness- und Beauty-Fans: Wellness-Bereich mit Hallenbad, Duft-Dampfbad, Finnischer Sauna, Whirlpool, Erlebnisduschen, Fitnessraum, Solarium etc. Auch ein kleiner Freiluft-Saunagarten steht zur Verfügung. Dazu ein Beauty- und Massage-Bereich (u. a. mit Specials wie Energy Treatments für gestresste Haut). Das Restaurant Twesk Diker verwöhnt Gäste mit einem spektakulären Frühstücksbuffet, nachmittags mit Selbstgebackenem (bei warmem Wetter auf der Terrasse) und abends mit gekonnter Gourmet-Cuisine.

Benen-Diken-Hof, Süderstraße 5, 25980 Sylt-Ost / Keitum, Telefon: 0 46 51 / 9 38 30, Telefax: 0 46 51 / 9 83 83, Internet: www.benen-diken-hof.de, E-Mail: Benen-Diken-Hof-Sylt@t-online.de, **Öffnungszeiten Küche:** 18.00 – 20.00 Uhr, **Ruhetag** (Restaurant): Mittwoch, Zimmer, Suiten und Appartements von 160 bis 610 Mark, **Kreditkarten:** EC-Karte, American Express, Diners Club, Eurocard, Visa

Das Ambiente: frischer friesischer Landhausstil.

FISCH-FIETE

FISCH WIE BEI MUTTERN

Fisch-Fiete ist eine Legende, eine Institution, die zu Sylt gehört wie das Meer und der Wind. Eröffnet wurde das Gasthaus 1954 von „Fiete" Paegler, einem Original, das nach dem Krieg mit einer Karre voll frischem Fisch von Haus zu Haus fuhr.

Heute führen Simmi Segner und Ray Reck das Traditionsunternehmen, in dem sich seit der Zeit von Fiete nicht viel geändert hat. Jeder Fisch wird frisch angeliefert und nach den bewährten Rezepten, die zum Großteil noch von Großmutter und Mutter Paegler stammen, zubereitet. Deshalb schmeckt hier alles so, als wenn man bei Mutter zu Besuch wäre. Auf überflüssige Schnörkel verzichtet Küchenchef Heinz Bohrmann, der schon seit 1974 am Herd des alten Friesenhauses steht, gerne, denn ihm geht es um den Eigengeschmack der Fische. Was gibt es auch Schöneres als eine kleine Seezunge oder Scholle frisch aus der Pfanne oder einen erstklassig gegarten Steinbutt? Eigentlich nicht viel, und doch fällt die Entscheidung beim Blick auf die Karte nicht leicht.
Soll man sich für die Edelkrebse in der unnachahmlichen Dill-Weißweinsauce entscheiden, für die an der Mosel exklusiv ein bestimmter Wein angebaut wird, oder die jeden Tag handverlesenen Munkmarscher Muscheln? Die Muscheln sind genauso ein Hit wie die Sylter Fischsuppe à la „Klein Fiete", nach einem Rezept von Annegret Sievers, Tochter des Gründers, die zusammen mit ihrem Mann lange Jahre das Restaurant geleitet hat. Erfreulicherweise kann man die Suppe genauso wie das berühmte „Häckerle", eine

Führen Fisch-Fiete ganz im Sinne des legendären Gründers „Fiete" Paegler: Simmi Segner und Ray Reck mit Küchenchef Heinz Bohrmann und Team.

Leckerei aus Matjes, Eiern, Gurken und Kräutern, als Vorspeise bestellen, bevor man sich Scholle & Co. widmet. Anpassungsfähiger Begleiter zu vielen Gerichten: Fisch-Fietes viel geliebter Kartoffelsalat. Schöne Terrasse. Für den Abend sollte man reservieren – und vor dem Mahl vielleicht einen Rundgang durch Keitum einplanen. Das malerische Dorf mit seinen reetgedeckten Häuschen, hübschen Gärten und Friesenwällen, mit der alten Kirche St. Severin ist eine Sehenswürdigkeit für sich.

Fisch-Fiete, Weidemannweg 3, 25980 Keitum, Tel.: 0 46 51 / 3 21 50, Telefax: 0 46 51 / 3 25 91, E-Mail: FischFiete-Sylt@aol.com, **Öffnungszeiten Küche:** täglich 12.00 – 15.00 Uhr und ab 18.00 Uhr, von November bis März: ab 18.00 mit **Ruhetag** am Mittwoch, Fischspezialitäten, **Vorspeisen** von 8 bis 35 Mark, **Hauptgerichte** von 28 bis 59 Mark, **Kreditkarten:** EC-Card

RESTAURANT KARSTEN WULFF

FISCHGERICHTE RUND UM DIE UHR

Hier, in unmittelbarer Nähe des Keitumer Heimatmuseums, dreht sich (fast) alles um frisches Meeresgetier. Wer die Rush-hour am Abend meiden möchte, löffelt hier schon nachmittags die „Bouillabaisse des Nordens", eine Spezialität von Karsten Wulff.

Doch der gebürtige Keitumer verarbeitet nicht nur Fische souverän und erstklassig, sondern auch Sylter Lammfleisch, gezogen und geschlachtet vom Keitumer Landwirt Erk-Uwe Andersen. Wulff serviert seine Bouillabaisse übrigens im kräftigen Safranwurzelsud mit Medaillons vom Merluza, Rochenflügel, Seeteufel und Steinbutt mit Nordseekrabben, Muscheln und Garnelen mit Fleurons und Kräuterbaguette. Weitere Renner im Hause Wulff sind mittags die Brote mit frischgepulten Krabben und Spiegelei, aber auch einfache Gerichte wie Labskaus und Hering sind gefragte Gerichte am Tage. Luxuriöser fällt die Abendkarte aus: Bei den Vorspeisen lockt die Terrine von Taschenkrebsen, eine seltene Delikatesse, angerichtet auf feinem Spargelsalat. Wer die Vielfalt liebt, greift beim Hauptgang zum „Potpourri vom Fischmarkt im dänischen Esbjerg". Für einen harmonischen Ablauf in den beiden stets gut gefüllten Gasträumen sorgt Ehefrau Elke.

Restaurant Karsten Wulff, Inhaber: Karsten Wulff, Museumsweg 4, 25980 Keitum, Telefon 0 46 51 / 3 03 00, Telefax 0 46 51 / 3 57 38, **Öffnungszeiten Küche:** ab 12.00 Uhr, Abendkarte ab 18.00 Uhr, **Ruhetag:** Montag, Betriebsferien: Mitte November bis Mitte Dezember, Mitte Januar bis Mitte Februar, Weihnachten und Silvester geöffnet, **Vorspeisen** von 15 bis 22 DM, **Hauptgerichte** von 19 bis 54 DM, **Kreditkarten:** EC-Card

Großzügig dimensionierte Gasträume mit dezenter maritimer Ausstrahlung:
im Restaurant Karsten Wulff.

KLEINE TEESTUBE

BESTES FRÜHSTÜCK DER INSEL

Keitum ist das friesischste und authentischste Dorf der Insel. Hier werden Traditionen gewahrt und gepflegt. Auch das Teetrinken. John Kowaschs Kleine Teestube ist seit fast zehn Jahren ein „Renner", ein begehrtes Ziel für alle, die sich gern von heimeliger Gemütlichkeit beflügeln lassen.

Wie in einer liebevoll dekorierten Puppenstube sieht es im verwinkelten Gastraum der über 200jährigen Friesenkate aus: Weiß-mintgrüne Holzvertäfelungen an den Wänden, rundumlaufende Polsterbänke, antike dänische Tische, original Majolika-Leuchten, schöne Stoffe, hübsch dekorierte Fensterbänke und natürlich das mit stilechtem Teekannenmotiv-Leinen bespannte Kuschelsofa aus Großmutter's Zeiten. Plüschiges Szenario für's beste Frühstück der Insel mit hausgebeiztem Lachs, selbstgemachtem Kräuterquark, Katenrauchschinken und knackig frischen Brötchen. Zur Kaffeezeit locken köstliche selbstgebackene Kuchen und Torten, serviert in riesigen Stücken mit oder ohne Sahne. Dazu genießt man eine der erlesenen Teespezialitäten wie den Friesen Spezial „Lecker Köppke" FBOP. Für den kleinen Hunger zwischendurch gibt's eine saisongemäße Mini-Speisekarte. Wer in den Genuss kommen möchte, sollte rechtzeitig reservieren, denn der malerische, windgeschützte Garten vorm Haus ist fest in der Hand von Stammgästen.

Kleine Teestube, Inhaber: John Kowasch, Westerhörn 2, 25980 Keitum, Tel.: 0 46 51 / 3 18 62, Telefax: 0 46 51 / 3 03 96, **Öffnungszeiten Küche:** 10.00 – 18.00 Uhr, **Ruhetag:** Donnerstag, vom 1. bis zum 24. Dezember geschlossen, **Kreditkarten:** keine

Bei schönem Wetter ist der lauschige Garten begehrtes Ausflugsziel.
Das opulente Frühstück soll das beste der Insel sein.

LANDHAUS KEITUMER KLIFF

DAS WATTENMEER VOR AUGEN

Über der Keitumer Bucht ist im vergangenen Jahr ein kleines feines Refugium entstanden: das Landhaus Keitumer Kliff. Direktorin Andrea Rucks ist es dabei gelungen ein Flair zu schaffen, das den exklusiven und unaufdringlichen Komfort eines Luxushotels mit der Individualität eines Privathotels verbindet.

Neben der ruhigen Lage überzeugt das Landhaus Keitumer Kliff mit einem großen schönen Garten mit altem Baumbestand, darunter Eichen, Birken und Buchen. Einmalig ist auch der Blick aufs Wattenmeer, der aus nahezu allen Räumen zu erleben ist. „Insgesamt verfügt unser Haus über acht Wohneinheiten", erläutert Andrea Rucks. „Drei Einzel- und Doppelzimmer, jeweils zwei kleine und große Suiten mit Wohn- und Schlafbereich auf einer Ebene sowie ein exklusiv ausgestattetes Appartement auf drei Ebenen." So einmalig wie die Lage ist auch die individuelle Einrichtung der Räumlichkeiten. Dabei erwiesen sich hübsche Sammlerstücke wie alte Kaffeemühlen, Nachttöpfe und chinesische Vasen für die behagliche Atmosphäre als äußerst bereichernd, wie die Ausstattung im Aufenthaltsraum oder im Pesel, dem Frühstücksraum, eindrucksvoll dokumentiert.

Landhaus Keitumer Kliff, Munkmarscher Chaussee 30, 25980 Keitum, Telefon 0 46 51 / 93 99 00, Telefax 0 46 51 / 93 99 01, **Frühstücksbuffet:** 8.00–13.00 Uhr, Kleine Abendkarte: bis 21.30 Uhr, **Ruhetag:** keiner, Einzel-/Doppelzimmer 320–480 DM, Suiten 590–710 DM, Appartement 950 DM, **Kreditkarten:** American Express, Diners Club, Eurocard, Visa

Entspannung pur im Landhaus Keitumer Kliff:
vom ersten Tageslicht bis zum Sonnenuntergang.

LANDSCHAFTLICHES HAUS

GESELLSCHAFTLICHER MITTELPUNKT

Der Grundstein zu einem der ältesten Häuser im malerischen Keitum ist vor fast einem Vierteljahrhundert gelegt worden. Wahrscheinlich gab es damals schon den wunderschönen Garten, der das Haus in den Sommermonaten zur beliebten Anlaufstelle werden lässt.

Vor allem als Spezialitäten-Restaurant für Wild und Fisch hat sich das Landschaftliche Haus im Laufe der Jahre einen Namen gemacht. Der 45-jährige Andreas Gabriel jr., gleichzeitig Küchenchef und „Petrijünger", hat das Haus 1999 von seinen Eltern Gerda und Andreas Gabriel, beide passionierte Jäger, übernommen. So genießen nicht nur die Keitumer Gäste, sondern auch Insulaner und Gourmets aus den anderen Feriendomizilen der Insel, natürlich abhängig vom „Jagderfolg" und von der Jahreszeit, Makrele, Zander, Hecht und Karpfen oder Wildschwein, Wildente und Wildfasan. Gerichte wie Hirschkeule in Kirschrahmsauce, im Topf geschmorte Sylter Wildente, die förmlich auf der Zunge zerfällt, oder Wildschweinkeule in Wacholderrahmsauce sowie geschmorter Fasan auf Ananaskraut gehören zu den besonderen Leckerbissen im Landschaftlichen Haus.

Landschaftliches Haus, Inhaber: Andreas Gabriel, Gurtstieg 54, 25980 Keitum, Telefon 0 46 51 / 3 18 40, Fax 0 46 51 / 93 54 06, **Öffnungszeiten Küche:** 12.00–14.30 Uhr und 18.00–22.00 Uhr, **Ruhetag:** Mittwoch, Betriebsferien: November, Silvester geöffnet, **Vorspeisen** von 14 bis 25 DM, **Hauptgerichte** von 18 bis 48 DM, **Kreditkarten:** American Express, Diners Club, Eurocard, Visa

Beliebter Zwischenstopp für Ausflügler und Radwanderer: das in vierter Generation geführte Landschaftliche Haus.

ÜBER 100 JAHRE ALTER GASTHOF

ZU GAST IM HUMMER-HAUS

Schon immer waren es Seeleute, die sich im Über 100 Jahre alten Gasthof niederließen. Vor zehn Jahren gingen hier Christa und David Kaplan vor Anker, die zuvor auf kleinen Booten vom Amazonas bis zum Eismeer schipperten. Sie als Hotelmanager und Zahlmeister, er als Expeditionsleiter und Pianist.

Die Entscheidung für Sylt fiel den beiden dann deshalb leicht, weil sich als Küchenchef der Bruder von Christa, Manfred Koch, empfahl. Das Lister Gespann setzte von Anbeginn auf beste Grundprodukte – vom Keitumer Salzwiesenlamm bis zum Sylter Galloway-Rind. Das schätzen nicht nur die vielen Stammgäste, sondern auch Urlauber, die Sylt kulinarisch erobern wollen. Der Hummer „Helgoländer Art", in Seewasser gekocht, tranchiert und mundgerecht portioniert, ist eine Spezialität von Küchenchef Manfred Koch (36), genauso wie die Bouillabaisse von Nordseefischen, für Christa Kaplan „die beste auf der Insel". Ideale Menü-Begleiter sind kalifornische Weine, eine Reminiszenz an die Heimat des Hausherrn.

Über 100 Jahre alter Gasthof, Inhaber: Christa und David Kaplan, Alte Dorfstraße 5, 25992 List, Telefon 0 46 51 / 87 72 44, Telefax 0 46 51 / 87 14 00, E-Mail: gasthof@list-sylt.de, Internet: www.list-sylt.de, **Öffnungszeiten Küche:** ab 13.00 Uhr durchgehend warme Küche, **Ruhetag:** keiner (Juli/August); Montag, Betriebsferien: Mitte November bis Weihnachten; teilweise Januar und Februar, Weihnachten und Silvester geöffnet, **Vorspeisen** von 9,50 bis 39,50 DM, **Hauptgerichte** von 23,50 bis 49,50 DM, frischer Hummer pro 100 g 16,50 DM, **Kreditkarten:** American Express, Eurocard, Visa, EC-Card

Mundgerecht zubereitet: in nostalgischen Räumen, im „Seefahrerstübchen“ oder in der „Klönstube“, isst man frischen Hummer.

AUSTERNMEYER

PILGERSTÄTTE FÜR AUSTERNLIEBHABER

Die Sylter Royal, die unbestrittene Königin unter den Zuchtaustern, wird nunmehr seit 14 Jahren in List kultiviert. Und sie hat sich in Windeseile zum europäischen Exportschlager etabliert. Bei Austernmeyer, in der rustikalen Probierstube von Dittmeyer's Austern Compagnie, schlemmt man sie in vielen Variationen.

Seit zwei Jahren wird Austernmeyer von Oliver Johannes geführt. Der Genießertreff präsentiert sich mit Strandkörben draußen und Stehtischen drinnen so, wie man es im Urlaub liebt: locker und ungezwungen, bewusst spartanisch, mit überragender Produktqualität und recht zivilen Preisen. Hier treffen sich Austernfans und solche, die es werden wollen, zu Austern nature oder mit Kräuterbutter und Brösel überbacken, im Speckmantel gebraten oder in Pernodbutter, als Eintopf oder mit Spaghetti und Olivenöl – die Vielfalt der Variationen ist groß.

Vor zwei Jahren wurde auch der letzte Lister Miesmuschelfischer in die Compagnie integriert und Austernmeyer entwickelte sich von der Austern- zur Meeresfrüchte-Bar. Die kleinen Verwandten der Edelmuschel kommen nämlich zusätzlich frisch auf den Tisch. Oliver Johannes integriert aber auch Hummer und andere Meeresdelikatessen in sein Speisenangebot. Man koste die *„Plat de fruits de mer"*.

Austernmeyer, Hafenstraße 10–12, 25992 List, Telefon: 0 46 51 / 87 75 25, Telefax: 0 46 51 / 87 04 30, Bestelltelefon: 0 46 51 / 87 08 60, Internet: www.austernmeyer.de, **Öffnungszeiten Küche:** 12.00 – 21.00 Uhr, ganzjährig geöffnet, **Ruhetag:** keiner, außerhalb der Saison: Montag, **Kreditkarten:** EC-card

Variantenreiche Delikatesse: Austern nature, mit Kräuterbutter, im Gemüsebett, im Speckmantel gebraten, in Pernodbutter …

Oliver Johannes auf den Lister Austernbänken. Das rauhe Nordseeklima und die Gezeiten machen die Sylter Royal besonders kräftig und robust. Die Königin unter den Austern ist eine begehrte Delikatesse. Sie zeichnet sich durch einen zart nussigen, wenig salzigen Geschmack aus.

GOSCH

LEGENDE IM LISTER HAFEN

Es gibt Erlebnisse auf Sylt, die lässt man einfach nicht aus. Dazu gehört unbedingt ein Besuch bei der Fisch-Institution im nördlichsten Hafen der Insel. Jürgen Gosch bietet in seinen diversen Lister Anlaufstellen alles, was das Fischliebhaberherz begehrt.

Das urigste Outlet ist sicher Goschs „nördlichste Fischbude der Republik“, direkt im Hafen, mitten im Trubel. Hinreißend die Spannbreite. Man kann Matjesbrötchen mit Bier schlemmen, genauso aber ein Glas Champagner zum Crevettencocktail. Schon ab 8 Uhr morgens geöffnet, ideal fürs zünftige Katerfrühstück. Die „Alte Bootshalle“, ebenfalls am Hafen, zeigt Bistro-Stil und Feinschmeckerakzente, angenehm dabei die unkomplizierte Atmosphäre. Offen ab 11 Uhr. Schon auf dem Weg zum Hafen stärken sich viele in Goschs „Fischhaus“, einem Restaurant mit zeitgemäßem Ambiente, in dem man sich zum Speisen Zeit lässt, das frische Angebot am Gourmetbuffet und an der Hummerbar inspiziert, sich von der reichhaltig sortierten Speisekarte seine Lieblingsspezialität wählt, durchgehend von 8 Uhr bis in den Abend. Gäste des „Knurrhahn“, wieder direkt am Hafen, genießen ab 10 Uhr beste Bedienung in ländlich-maritimer Atmosphäre. Hier wird Fisch nach feiner regionaler Art serviert, auch draußen auf der Terrasse. Die Knurrhahn-Bar ist längst ein unverzichtbarer Treffpunkt, open end.

Die nördlichste Fischbude, 25992 List, Am Hafen 51, Telefon: 0 46 51 / 87 04 01, **Alte Bootshalle,** Am Hafen, Telefon: 0 46 51 / 87 03 83, **Fischhaus,** Hafenstraße 16, Telefon: 0 46 51 / 95 19 31, **Knurrhahn,** Am Hafen, Telefon: 0 46 51 / 95 19 19

Gosch: das Fischerlebnis im Lister Hafen.

VOIGT'S ALTE BACKSTUBE

PFANNKUCHEN VOM FEINSTEN

Sylt-Reisende besuchen mindestens einmal während ihres Urlaubs den Gosch, versuchen ein- bis zweimal an der Sansibar oder in der Kupferkanne im Garten zu sitzen und kommen neuerdings nach List in Voigt's Alte Backstube, um Pfannkuchen zu essen. Und was zeichnet diese Häuser aus? Ihre Einmaligkeit.

Voigt's Alte Backstube ist – wie der Name treffend wiedergibt – zunächst einmal eine ausgezeichnete Adresse für alle Kuchen- und Kaffeefreunde. Voigt's Friesentorte mit dunkel gebackenem Blätterteig gilt bei Gästen ohnehin als eine der besten auf der Insel. Ebenso einfallsreich und begehrt sind alle anderen selbst gebackenen Tortenvariationen des Hauses. Bei schönem Wetter werden sie – wie die leckeren Pfannkuchen – auch im Garten (etwa 100 Sitzplätze) serviert. „Früher hatten wir ein wesentlich aufwendigeres Abend- und Tagesprogramm", erzählt der in Flensburg aufgewachsene Westfale. „Heute gibt es Salate, Eintöpfe und über 40 verschiedene Pfannkuchen – süße, vegetarische und salzige. Das ist schon einmalig auf Sylt." Ergänzt wird die üppige Pfannkuchen-Karte mit jahreszeitlich bezogenen Aktionen, die optimal in das Voigt'sche Konzept passen.

Voigt's Alte Backstube, Inhaber: Kai und Konstanze Voigt, Süderhorn 2, 25992 List, Telefon 0 46 51 / 87 05 12, Telefax 0 46 51 / 95 80 93, **Öffnungszeiten Küche:** täglich von 14.00–22.00 Uhr, **Ruhetag:** keiner (Juli und August); Mittwoch (außerhalb der Saison), Betriebsferien: Mitte Januar bis Mitte Februar, Speisen von 6 DM bis 28 DM, **Kreditkarten:** keine

Speisen unter einer Ölweide inmitten einer wunderschönen Gartenanlage.
Unglaubliche Vielfalt: Leckere Pfannkuchen und Salate mit passenden Weinen.

WESTSTRANDHALLE

TAFELSPITZ UND SÜSSSPEISEN

Schon von weitem leuchten die knallroten Sonnenschirme in der dünenbewegten Landschaft. Wenig später sind auch die Konturen des markanten Holzblockhauses erkennbar. Die Weststrandhalle mit großer Terrasse liegt direkt am Strandübergang. Von hier aus hat man einen herrlichen Ausblick auf die Lister Dünenlandschaft.

Beim Studium der Speisenkarten bleibt der Blick dann sehr schnell bei den Spezialitäten aus Östereichs Küche hängen. Kein Wunder, denn zwei waschechte Alpenländler, Gertrude und Ulrich König (und mit Chefkoch Thomas Wessel ein Westfale), umsorgen hier ihre Gäste mit einer wöchentlich wechselnden Tageskarte und preisgünstigen Gerichten für den kleinen Hunger. Für den größeren Appetit bietet sich eher ein Fisch- oder Fleischgericht an – vom frischen Dorsch über die Scholle bis zum „Hexensteak“ mit geschrotenem Pfeffer. „Ganztägig gibt es zusätzlich eine stattliche Auswahl an Kuchen und Torten, wobei der hausgemachte Apfelstrudel sicher der absolute Favorit ist“, wie Ulrich König ergänzt. Alternativ locken der Palatschinken und die Salzburger Nockerl. Wer Herzhaftes liebt, sollte sich für den Wiener Zwiebelrostbraten oder den gekochten Tafelspitz entscheiden.

Weststrandhalle, Inhaber: Ulrich König, Weststrand, 25992 List, Telefon 0 46 51 / 87 02 66, Telefax 0 46 51 / 87 12 00, **Öffnungszeiten Küche:** 11.30 – 22.00 Uhr, **Ruhetag:** keiner, November bis März: Dienstag, **Betriebsferien:** Mitte November bis 25. Dezember, Silvester geöffnet, **Vorspeisen** von 9 DM bis 26 DM, **Hauptgerichte** von 22 DM bis 40 DM, **Kreditkarten:** American Express, Eurocard, Visa, EC-Card

Allseits beliebtes Ausflugsziel in der Lister Dünenwelt: die Weststrandhalle.
Sorgen für den alpenländischen Farbtupfer auf Sylt: Gertrude und Ulrich König.

BEI UWE

FISCH, FRISCHER GEHTS NICHT

Ein Restaurant ohne Speisekarte, ohne Reservierungen und ohne eingedeckte Tische wirkt auf den ersten Blick zugegebenermaßen etwas eigentümlich. Es lenkt den Blick aber auf das Wesentliche: das Essen. Genau diesen klaren Standpunkt vertritt Markus Kanebley in seinem Restaurant Bei Uwe.

Und genauso eindeutig wie vor der Theke geht es in der Küche zu. Kanebley bereitet dort am liebsten Fisch zu. Damit hat er sich einen großen Namen auf der Insel gemacht. Oberstes Gebot: Der Fisch ist frisch. Nur ganze Tiere kauft der Meister, und die warten am Stück auf ihre Bestellung. Bevor ein Fisch nicht geordert ist, wird er weder geschuppt noch ausgenommen. So erhält man die Ware optimal frisch.

Gekauft werden nur kleine Mengen nach Angebot. Deshalb gibt es Bei Uwe keine Karte. Und wenn nach einem Vormittag alle Zander bestellt sind, ist der Zander eben aus. Das einzig variable an Kanebleys Küche ist die Zubereitung. Berühmt seine „Windstärke 11" (am besten vorbestellen). Sieben Sorten Fisch kommen dabei auf einem Teller zusammen, jede einzeln zubereitet. Dazu gibt es drei verschiedene Saucen, Gemüse und Salate nach Wahl. „Bis jetzt hat sie noch keiner geschafft", grinst Kanebley. „Und wenn doch mal einer kommt, kann er gerne Nachschlag haben…"

Bei Uwe, Tärpstig 78, 25980 Morsum, Telefon: 0 46 51 / 89 15 08, Telefax: 0 46 51 / 9 71 63, **Öffnungszeiten Küche:** 12.00 – 14.00 und 17.00 – 23.00 Uhr, **Ruhetag:** Dienstag, Fischspezialitäten, **Vorspeisen** von 14 bis 23 Mark, **Hauptgerichte** von 32 bis 49 Mark, **Kreditkarten:** keine

Keine Speisekarte, keine Reservierungen und keine Platzdeckchen:
„Das Wichtigste hier ist das Essen."

LANDHAUS NÖSSE

LOGENPLATZ IN DER NATUR

Nur wenige Meter vom Morsumer Kliff, dort wo sich Urlauber gerne im Heidehochland den Seewind um die Nase wehen lassen, liegt das „Landhaus Nösse". Sein Highlight: exquisite Feinschmecker-Cuisine.

Aber das Landhaus Nösse lädt nicht nur zu erlesenen Gaumengenüssen, sondern auch zum Wohnen umgeben von einmalig schöner Inselnatur. Schon um die Jahrhundertwende war die Nösse ein beliebtes Ausflugsziel der Insulaner. Bis heute bestimmen weit verstreute Bauernhöfe – die meisten stehen sturmflutgesichert auf erhöhten Warften – das Bild Morsums. Dazu das Wattenmeer: Ein herrliches Panorama. Viele genießen es gerne zur Tee- oder Kaffeezeit unter freiem Himmel. Und ist es draußen auf der Terrasse einmal zu frisch, lässt man sich den hausgebackenen Kuchen oder die frischen Waffeln drinnen schmecken. Es ist urbehaglich hier. In der Kaptains Stuuv kehren Wanderer gerne zu einer friesischen Vesper ein. Im Gourmet-Restaurant pflegen die Gastgeber, Ralf und Annelore zur Brügge, den eleganten Landhausstil. Das Gebälk ist in hellem Ton gehalten, die Wandtäfelung in feinem Beige und die Hussen, die Schürzen über den Stühlen, sind in klassisches rotes Karomuster getaucht – wahrlich ein edles Ambiente für eine der besten Küchen Sylts.

Ob man sich für Steinbutt unter der Kartoffelkruste auf Tomaten-Lauch-Ragout entscheidet oder ein Carré vom Sylter Salzwiesenlamm, überbacken mit Brioche und Kräutern, man genießt in der ersten Reihe. „Zur Brügge's Bouillabaisse von Edelfischen mit halbem

LANDHAUS NÖSSE

Hummer und sonstigen Krusten- und Schalentieren“ wird auf Wunsch sogar am Tisch angerichtet. Wer nicht das Landhausmenü wählt, sondern eine reine Fischfolge, wird gelegentlich von einem Sushi als Amuse-gueule überrascht (auf Bestellung auch gerne als Vorspeise). Köstlich auch die gegrillten Jakobsmuschen am Zitronenspieß. In der renovierten, jetzt weinroten Friesenstube lernen Gäste den Nösse-Bistro-Stil, die locker herzhafte Seite der Küche, kennen. Sehr zu empfehlen das günstige „Menu Gastronomique“ für zwei Personen. Es gibt vier Gänge mit passender Getränkebegleitung vom Aperitif über den Wein bis zum Digestif. Apropos Wein: Der Nösse-Keller ist so exquisit sortiert, dass er wiederholt mit einem Award des „Wine Spectators“ belohnt wurde.

Landhaus Nösse, Nösistig 13, 25980 Morsum, Telefon: 0 46 51 / 9 72 20, Telefax: 0 46 51 / 89 16 58, E-Mail: noesse.sylt@t-online.de, Internet: www.landhaus-noesse.de, **Öffnungszeiten Küche:** 12.00 – 14.00 Uhr, 18.00 – 22.00 Uhr, **Ruhetag:** Montag, regionale und klassische Küche, **Vorspeisen** von 17 bis 38 Mark, **Hauptgerichte** von 28 bis 47 Mark, **Kreditkarten:** American Express, Eurocard

Im Landhaus Nösse wohnt und speist man in eleganter Ländlichkeit.
Oben: das Gourmet-Restaurant.

FÄHRHAUS MUNKMARSCH

KLEINOD AM YACHTHAFEN

Fernab der Touristenhochburgen liegt dieses Kleinod, Mitglied der „Small Luxury Hotels of the World", vor der beeindruckenden Naturkulisse der Munkmarscher Bucht mit herrlichem Blick auf den Yachthafen am Wattenmeer.

Das Fährhaus Munkmarsch ist die unvergleichliche Inszenierung einer stadtfernen und stilvollen Ambiance, eine Insel des Geschmacks, die den Gast umhüllt und ihn für die Zeit seines Besuches gefangen nimmt. Schon beim Eintritt in die lichtdurchflutete Eingangshalle, vorbei an einer Serie von Fischaquarellen des renommierten Künstlers Tom Drake Bennet, richten sich die Blicke unweigerlich auf die Rezeption und ihren erlesenen Fußboden – ein einzigartiger Blickfang. Überall geben edle Hölzer und hochwertige Materialien den Ton an. In den 14 luxuriösen Zimmern und sechs Suiten erwartet den Gast stilvolle Eleganz. Zauberhafte Individualität verbindet sich mit modernstem Komfort.

Mit dem hohen Standard des Fährhauses Munkmarsch korrespondiert die hoch gelobte Küche. Was Alessandro Pape und Christoph Rüffer, die ihre Kunst in berühmten Sterne-Restaurants verfeinerten und nun ihren eigenen Stil hinzugefügt haben, auf den Tisch zaubern, darauf dürfen sich Feinschmecker freuen. In der friesisch angehauchten Käpt'n Selmer Stube serviert das Duo regionale Schmankerln, während im Gourmetrestaurant auf lustvolle Genießer finessenreiche Kreationen warten. So verführen die Chefs de cui-

Handwerkliches Können und Kreativität zeichnen die Küchenchefs Alessandro Pape und Christoph Rüffer aus.

sine zum Auftakt vielleicht mit einer Komposition von der Gänsestopfleber mit Apfel-Grenadine-Chutney oder einer kross gebratenen Dorade auf Orangen-Fenchel. Gratinierter Atlantik-Hummer mit Dijon-Senfsauce und Barbarie-Entenbrust mit glaciertem Rhabarber in Moccasauce bieten sich standesgemäß für die nächsten Stationen an. Soll die Aromenreise einen süßen Abschluss haben: Ein karamelisiertes Hippenblatt mit Pfirsichconfit und Mandeleis gefällig?

Wenn das Sylter Wetter einmal nicht nach draußen lädt, lockt die Nobelherberge mit einer großzügigen Badelandschaft von rund 300 Quadratmetern. Neben dem Pool kann man auch in der Sauna, dem Saunarium, Dampfbad oder Solarium relaxen. Für sportlich ambitionierte Gäste steht ein Fitnessraum mit modernsten Geräten zur Verfügung.

Fährhaus Munkmarsch, Heefwai 1, 25980 Munkmarsch, Telefon: 0 46 51 / 9 39 70, Telefax: 0 46 51 / 93 97 10, Internet: www.faehrhaus-Sylt.de, E-Mail: faehrhaus-Sylt-online.de, **Öffnungszeiten Küche** Käpt'n Selmer Stube: täglich 11.30 – 22.00 Uhr, Restaurant Fährhaus: 18.00 – 21.30 Uhr, **Ruhetag:** keiner, regionale und Gourmet-Küche, **Vorspeisen** von 12 bis 40 Mark, **Hauptgerichte** von 28 bis 60 Mark, **Kreditkarten:** American Express, Diners Club, Eurocard, Visa

Die exquisiten Ambiancen machen das Fährhaus Munkmarsch zu einem Kleinod der Luxushotellerie.

MOBY DICK

WUNDERSCHÖNER BLICK AUFS WATTENMEER

Oberhalb des alten Munkmarscher Hafens, hoch über dem Wattenmeer schmiegt sich ein reetgedecktes Friesenhaus in die Küstenlandschaft. Hier lockt das Moby Dick zu Tisch. Manfred und Verena Fitschen machten es zu einem der beliebtesten kulinarischen Ausflugsziele der Sylter Gastronomie.

Bei schönem Wetter trifft man sich natürlich im herrlichen Sommergarten. Während man sich Zubereitungen von der Tageskarte, vielleicht etwas Schwäbisches wie das Putenrahmschnitzel mit hausgemachten Spätzle, schmecken lässt, geht der Blick über die Weite des Wattenmeeres, und ehe man sich versieht, ist es schon wieder Zeit, die leckeren hausgemachten Kuchen zu probieren. Doch egal ob Mohn-, Käse- oder Apfelstrudel – man sollte es, wenn's auch schwer fällt, bei einem Stück bewenden lassen. So ist am Abend genug Platz zum Beispiel für das Menü Moby Dick, das sich genau wie die übrige Karte an den Lauf der Jahreszeiten hält. Fisch, vielleicht ein Steinbuttfilet in der Kartoffelkruste, ist hier an der Küste natürlich Trumpf. Doch auch wenn eine Sylter Lammhaxe mit Speckbohnen und Kartoffelgratin auf den Tisch kommt, sollte man unbedingt zugreifen. Es wartet ein Genuss!

Moby Dick, Restaurant & Cafégarten, Appartements & Ferienwohnungen, Munkhoog 1, 25980 Munkmarsch, Telefon: 0 46 51 / 3 21 20, Telefax: 0 46 51 / 3 03 10, E-Mail: moby_dick@t-online.de, Internet: home.t-online.de/home/moby_dick, **Öffnungszeiten Küche:** 11.30 – 22.30 Uhr, **Ruhetag:** Mittwoch, frische, auch schwäbische Marktküche, **Vorspeisen** von 11 bis 42 Mark, **Hauptgerichte** von 26 bis 49 Mark, Kreditkarten: American Express, Eurocard, Visa, EC-Card

Stets gut gelaunte Gastgeber: Verena und Manfred Fitschen. Verena kommt aus dem Schwabenländle, Manfred ist ein gebürtiger Norddeutscher.

HUS IN LEE

WINDGESCHÜTZT HINTER DEN DÜNEN

Wer in Rantum Urlaub macht, sucht Ruhe und Beschaulichkeit. Nur ganze 800 Meter liegen hier zwischen der Brandung der Nordsee und der Ruhe des Wattenmeeres. Schmaler ist Sylt an keiner anderen Stelle, aber auch kaum so reizvoll.

Entsprechend herzlich präsentiert sich Rantums gastliche Seite. Seit gut drei Jahren residieren Petra und Alexander Blume in dem kleinen „Haus im Windschatten". Da auf Sylt der Wind überwiegend aus Westen weht, steht das Hus in Lee tatsächlich äußerst windgeschützt. So sind die Plätze auf der Terrasse heiß begehrt und immer schnell belegt. Aber nicht nur auf der Sonnenseite, auch im Inneren strahlt das Haus viel Gemütlichkeit und Wärme aus. Das fängt in der Bar mit seinen vielen Weinflaschen und Kühlern an, geht über den Kaminraum bis in die verwinkelten Räume. Für kulinarische Abwechslung sorgt die Tageskarte mit saisonfrischen Gerichten und einem separaten Angebot am Abend. Begehrt sind neben den zarten Lammfilets oder der ofenfrischen Holsteiner Ente mit Rotkohl und Kartoffelgratin vorrangig Fischgerichte, die mittags etwas rustikaler ausfallen. Nachmittags zieht das Hus in Lee besonders Urlauber an, die das Kaffee- und Kuchen-Angebot schätzen. So finden Apfel- oder Kirschkuchen und Waffeln ihre Liebhaber.

Hus in Lee, Inhaber: Petra und Alexander Blume, Hörnumer Straße 26, 25980 Rantum, Telefon 0 46 51 / 2 15 89, Telefax 0 46 51 / 2 93 34, E-Mail: hus-in-lee@rantum.de, Internet: www.hus-in-lee.de, **Öffnungszeiten Küche:** 12.00 – 23.00 Uhr, **Ruhetag:** im Winter Dienstag, **Vorspeisen** von 9,50 bis 21 DM, **Hauptgerichte** von 23,50 bis 39,50 DM, **Kreditkarten:** EC-Card

Urgemütlich und voller Charme: das Hus in Lee im Schein der Kerzen.
Unten: ein Pharisäer mit frischen Waffeln, heißen Kirschen und Sahne.

LANDHAUS RANTUM

ERLESENE GENÜSSE IM SÜDEN DER INSEL

Rantum ist zwar das kleinste Seebad Sylts, aber seine einzigartige Lage auf der Südnehrung zieht die Liebhaber der Insel immer wieder magnetisch an. Zwischen Dünengürtel und Wattwiesen können Spaziergänger eines der schönsten reetgedeckten Friesenhäuser Sylts finden, das Landhaus Rantum.

Mit dem geborenen Husumer Hark Pezely führt hier ein Cuisinier das Regiment, der sein Handwerk schon bei Koryphäen wie Jörg Müller unter Beweis stellen konnte. Pezely, tatkräftig unterstützt von einem jungen, engagierten Team und einem locker-professionellen Service, bietet edelste Ess- und Tafelkultur. Produktbewusstsein und selbstbewusste Kreativität sind seine Markenzeichen. Optisch hervorragend aufgemacht und von erlesenem Geschmack zeigt sich das allabendliche Überraschungsmenü mit korrespondierenden Weinen. Es kann von einem gratinierten Avocadofächer mit Strudel vom Hummer und Scampi über ein Saltimbocca vom Seeteufel bis zu gefüllter Babyananas auf Passionsfruchtschaum und Kokosnusseis reichen. Den Charme bezaubernder Individualität fangen die mit feinem Abstimmungsvermögen eingerichteten Hotelzimmer. Sie bieten allesamt Qualität und höchsten Komfort.

Restaurant Hotel Landhaus Rantum, Stiindeelke 1, 25980 Rantum, Telefon 0 46 51 / 15 51, **Öffnungszeiten Küche:** täglich 12.00 – 14.30 Uhr und 18.00 – 22.00 Uhr, Gourmetküche, **Vorspeisen** von 12 bis 39 Mark, **Hauptgerichte** von 34 bis 58 Mark, **Kreditkarten:** American Express, Diners Club, Eurocard, Visa

Küchenchef Hark Pezely und seine junge Crew glänzen mit Gourmandise und feiner Tafelkultur.

CIRCUS SANSIBAR

SZENE-TREFF IN DEN DÜNEN

Wer Sylt besucht und nicht mindestens einmal im Circus Sansibar gewesen ist, hat die Insel nicht gesehen. Das zumindest ist die einstimmige Meinung der ungezählten Fans dieses außergewöhnlichen Szene-Restaurants inmitten von Rantums einzigartiger Dünenlandschaft.

Wie das Licht die Motten zieht das berghüttenähnliche Blockhaus-Restaurant mit fantastischem Dünen- und Nordseeblick Scharen von Gästen an. Woran liegt es? An einem der freundlichsten und versiertesten Service-Teams der Insel? Am konstant hohen Niveau der Küche? Ganz sicher. Aber der wirkliche Grund für den Riesenerfolg kommt aus dem Schwabenland: Herbert Seckler, aus Berufung Wirt und das Herz des Sansibar. Er versteht es wie kein zweiter, sich um das Wohl seiner Gäste zu kümmern, mit ihnen zu schwätzen, sie mit seiner natürlich-ungezwungenen Art zum Wiederkommen zu animieren. Er ist ein Original, das es zu erleben gilt, und ein Mensch mit einer unstillbaren großen Leidenschaft: Wein, in all seinen grandiosen, nuancierten Facetten. Wer einmal die Ehre hat, in Secklers Allerheiligstes hereinzuschauen, seinen phänomenalen Weinkeller tief unten im Innern der Düne, wird verstehen, dass dieser das Werk eines Maniacs ist, der vom Guten nur das Beste bereithält. Circus Sansibar, das ist echte Erlebnisgastronomie!

Circus Sansibar, Strand Sansibar, 25980 Rantum, Telefon: 0 46 51 / 96 46 46 Telefax: 0 46 51 / 96 46 47, Öffnungszeiten Küche: 10.30 – 23.00 Uhr Ruhetag: keiner, internationale Küche, Vorspeisen von 12 bis 30 Mark, Hauptgerichte von 28 bis 55 Mark, Kreditkarten: EC-Karte, American Express, Eurocard

Oben: Sansibars Interieur. Unten: Herbert Secklers Allerheiligstes – sein großartiger Weinkeller unterm Haus in der Düne.

ROYAL DORINT SÖL'RING HOF

GENUSS FÜR ALLE SINNE

Für viele, die Sylt das erste Mal betreten, stellen sich schon innerhalb der ersten Stunde Glücksgefühle ein, für die sie keine rationale Erklärung parat haben. So mag es auch Johannes King ergangen sein, den es von der Spree auf die Perle der Nordsee verschlagen hat.

Mittlerweile mag der gebürtige Schwabe auch die Spaziergänge im frischen Wind nicht mehr missen, doch seine neue Rolle als „gastgebender Koch" im neuen Royal Dorint Söl'ring Hof, eines der kleinsten und feinsten Hotels der Insel, lässt ihm nicht allzu viel Zeit, um die reizvollen Kontraste zu genießen. Das sollen schließlich die Gäste, denen Johannes King – und der Mann weiß, wovon er redet – einen Urlaubs-„Genuss für alle Sinne" verspricht.
Als besternter (Küchen-)Meister des Grand Slam in Berlin hat er den Centre Court verlassen, ist von Deutschlands Mitte an den äußersten Rand der Republik gegangen, um als Gastgeber dieses reetgedeckten Landhauses direkt am Meer zu fungieren. Johannes King widmet sich im friesischen Pesel „Kööv" (nur für Hausgäste zugänglich) gerne der regionalen Küche. Im exklusiv eingerichteten Restaurant zelebriert er die Cuisine, mit der er schon Berlin begeisterte. Finessenreiche Kreativität, perfekte Harmonie der Aromen sind wichtige Markenzeichen, und die Vorliebe für Fisch passt natürlich bestens zu Sylt. Man koste seine gebackene Auster auf Kartoffel-Knoblauch-Creme und Kalbskopfjus oder die gegrillte Meeräsche auf Tomaten-Artischocken-Cassoulet.

Söl'ring Hof: Dorints Kleinod auf den Dünen.

Für genussvolle Stunden in weinseliger Atmosphäre sorgt ein begehbarer Weinkeller mit gläsernem Degustationsbereich und grandiosem, erlesenen Weinsortiment.

Lediglich 30 Gästen bietet das luxuriöse Anwesen, direkt auf der Düne am Meer gelegen, Platz. Die 15 individuell eingerichteten Zimmer und Suiten sind zwischen 25 und 80 Quadratmetern groß, hell und freundlich, mit dunkel gebeizten modernen Eichenmöbeln und teilweise mit offenem Kamin ausgestattet. Stürmische Zeiten überstehen die Gäste am besten in der kleinen wunderbaren Wellness-Oase. Schöne Aussichten für alle, die sich schon immer einen Sylt-Urlaub in einem exquisiten Ambiente vorgestellt haben, mit Wellness-Oase und Gaumengenüssen – und das alles unter einem Dach vereint. So trägt auch die unmittelbare Umgebung zum Faszinosum Sylts bei.

Royal Dorint – Söl'ring Hof, Gastgeber: Johannes King & Sandra Horstmann, Am Sandwall 1, 25980 Rantum, Telefon 0 46 51 / 83 62 00, Telefax 0 46 51 / 8 36 20 20, E-Mail: info@soelring-hof.de, Internet: www.soelring-hof.de, **Öffnungszeiten Restaurant:** Montag bis Samstag ab 18.00 Uhr, **Ruhetag:** Sonntag, **Vorspeisen** von 35 bis 52 Mark, **Hauptgerichte** von 55 bis 70 Mark, **Kreditkarten:** American Express, Diners Club, Eurocard, Visa

Erholung rundum:
Wellness, behagliche Wohnatmosphäre, Johannes Kings exzellente Küche.

SYLT QUELLE

INSEL-FEELING IN FLASCHEN

Vor acht Jahren sprudelte sie zum ersten Mal an die wildromantische Oberfläche von Deutschlands Ferieninsel Nummer eins: die Sylt Quelle, ein Mineralwasser mit Top-Qualitäten – jodhaltig, relativ natriumarm und reich an Magnesium.

Konnte man die Sylt Quelle früher nur auf dem beliebten Eiland selbst und an einigen wenigen Orten auf dem Festland genießen, so trifft der Mineralwasser-Connaisseur seinen Favoriten seit gut einem Jahr bundesweit und flächendeckend in ausgewählten Restaurants und Hotels an – als elegante, hellblaue (Classic), hellgrüne (Medium) oder hellrote (Stilles Wasser) 0,33-l- bzw. 0,75-l-Gourmetflasche. Die in den Dünen von Samoa entspringende Quelle liegt in den professionellen Händen der Familie Heemann, die bereits auf 70 Jahre Branchenerfahrung im Mineralwassergeschäft zurückblickt. Vermarktet wird das naturreine Nass u. a. über Rungis-Express, gefragter Zulieferer erstklassiger Delikatessen, sowie im eigenen Haus direkt aus der Quelle. Auch wurde die Gastronomie im „Quellenhaus" ausgeweitet. Von 10 bis 19 Uhr (Juni bis August) wird Besuchern zum gesunden und erfrischenden Schluck neben Kaffee und Kuchen eine feine kalte Bistro-Küche gereicht. Beliebt sind auch die Führungen durch den 1993 eingeweihten Vorzeigebetrieb.

Sylt Quelle Vertriebsgesellschaft mbH & Co. KG, Hafenstraße 1, 25980 Rantum, Telefon: 0 46 51 / 9 20 33, Telefax: 0 46 51 / 9 20 34
Das Quellenhaus, Café – Galerie – Bistro, Hafenstraße 1, 25980 Rantum, Tel.: 0 46 51 / 20 15 57, **Öffnungszeiten:** täglich 10.00 – 19.00 Uhr (Juni – August), 10.00 – 18.00 Uhr (September – Mai)

Beliebtes Ziel für Sylt-Besucher: das „Quellenhaus“.
Hier finden auch regelmäßig Kunstausstellungen und Events statt.

WATTHOF

EXKLUSIVES DOMIZIL DIREKT AM WATT

Der Watthof liegt direkt in der verträumten Wattlandschaft des Rantumer Beckens. Von fast allen Suiten und Zimmern geht der Blick auf den Gezeitenwechsel des Wattenmeeres und bei guter Sicht bis zu den Nachbarinseln Amrum und Föhr.

Hier, wo sich seit 1992 das elegante Friesenhaus harmonisch in die Landschaft fügt, ist Sylt am schlanksten und – davon sind viele eingefleischte Syltfans überzeugt – am schönsten. Die großzügigen Zimmer und Suiten sowohl im Haupthaus als auch im Neubau präsentieren sich in den leichten beschwingten Farben des Südens. Luxuriöse Eleganz überall, sie reicht vom Parkettboden in den Erdgeschosszimmern bis zum eigenen Kamin und zwei Bädern in den großen Suiten. Zum stilvollen Interieur passt der liebenswürdige Service, nicht zu vergessen die kulinarischen Freuden, die das engagierte Team um Ulrike Terjung und Uwe Buddemeyer den ganzen Tag für die Gäste bereithalten: Das üppige Frühstücksbuffet, nachmittags trifft man sich bei hausgemachten Kuchen und Torten auf der Terrasse, und am Abend zieht es Feinschmecker in das schnuckelige Restaurant Schaper's mit seinem betont maritimen Flair. Küchenchef Elmar Otto tischt delikate deutsche Küche mit mediterranen Einflüssen auf.

Hotel Watthof, Alte Dorfstraße 40, 25980 Rantum, Telefon: 0 46 51 / 80 20, Telefax: 0 46 51 / 8 02 22, Internet: www.watthof.de, E-Mail: watthof.rantum@t-online.de, Schaper's Restaurant, Telefon: 0 46 51 / 8 02 20, **Öffnungszeiten Küche:** 14.00 – 18.00 Uhr, nachmittags Kaffee, Kuchen und kleine Karte, 18.00 – 22.30 Uhr Abendkarte, Zimmer und Suiten von 240 bis 750 Mark, **Kreditkarten:** American Express, Diners, Eurocard Visa

Ulrike Terjung, Uwe Buddemeyer und Küchenchef Elmar Otto bieten in der Stille des Rantumer Beckens Urlaub wie aus dem Bilderbuch.

LANDHAUS STRICKER

GOURMET-TREFF UND FÜNF-STERNE-HOTEL

Das stattliche, 250 Jahre alte Friesenhaus in der Tinnumer Boy-Nielsen-Straße verrät an sich schon Geschichte. Als Landhaus Stricker steht es für eine jahrzehntelange kulinarische Tradition. Nun winkt der bewährten Sylter Gourmet-Adresse eine viel versprechende Zukunft. Zur neuen Saison haben Spitzenkoch Holger Bodendorf und seine Frau Kerstin die Geschicke übernommen. Das lässt nicht nur neue Feinschmeckerhöhen erwarten. Das Landhaus Stricker wird sich in Kürze auch als Luxushotel präsentieren.

Eröffnung soll im September sein. Eine zweiflügelige Hotelanlage im schmucken Friesenstil entsteht, mit Klinkerfassaden, Giebeln und Gauben, Komfort, Ambiance und Service auf Fünf-Sterne-Niveau. Gäste wohnen in 38 Zimmern und Suiten, jede Wohneinheit hat ihre originelle Individualität. Es gibt private Balkone und Terrassen mitten im Grünen, dazu ein Schwimmbad, eine Beautyfarm ist ebenfalls im Plan.
Die Stricker-Gourmandise à la Bodendorf ist seit April eröffnet. Der Sylter Shooting-Star legt ein vielseitiges Konzept vor. Wer das Landhaus Stricker immer wegen seiner regional betonten Küche auf Gourmet-Niveau schätzte, kann Stammpublikum bleiben. In der Tenne speist man nach wie vor klassisch feine norddeutsche Küche, auch wenn ein Blick auf die Karte schon die profilierte Handschrift des neuen Küchenchefs spüren lässt. Holger Bodendorf lässt einen Seeteufel in Thymian gebraten auftreten, mit geschmortem Fenchel

Holger Bodendorf serviert im mediterranen Restaurant (oben) seine exzellente Cuisine méditerranée, in der Tenne feine Küche mit regionalem Akzent.

und Tomaten-Safran-Sauce, eine Bauernente aus dem Ofen mit Steckrüben und grüner Pfeffersauce, einen ganzen Wolfsbarsch in der Salzkruste. Die Kaminzimmer-Karte offeriert herzhafte Kleinigkeiten und Tellergerichte vom Linsengemüse mit krossen Entenwürfeln bis zum Pannfisch, und im mediterranen Restaurant darf man sich auf die Cuisine méditerranée freuen, mit der Bodendorf schon in der Wenningstedter Windrose zu Sternenglanz kam. Die Karte bietet drei Menüs, die einzelnen Gänge lassen sich auch à la carte zusammenstellen. Bon appétit also zu Delikatessen wie geeistem Hummer-Melonen-Süppchen, Loup de mer mit Rahmspinat und Weinbergschnecken, Rehrücken mit Pinienkernkruste, Lavendelsoufflée mit Rhabarberconfit!

Landhaus Stricker, Boy-Nielsen-Straße 10, 25980 Tinnum, Telefon: 0 46 51 / 3 16 72, Telefax: 0 46 51 / 3 54 55, **Öffnungszeiten Küche Tenne:** 12.00 – 14.00 Uhr, 18.00 – 22.30 Uhr, **mediterranes Restaurant:** 18.00 – 22.30 Uhr, Zimmer und Suiten von 235 bis 750 Mark, **Ruhetag:** keiner, **Kreditkarten:** American Express, Diners Club, Eurocard, Visa

KOMBUCHA

GASTHOF ZUR EICHE

URGEMÜTLICHER TREFFPUNKT

Richtige Landgasthäuser gibt es auch auf Sylt nur mehr wenige, Orte, wo sich die Nachbarn auf ein Bier und einen Klönschnack treffen, wo hausgemachte Holsteiner Spezialitäten auf den Tisch kommen, wo die Feste gefeiert werden, wie sie fallen. Aber in Tinnum, im Gasthof Zur Eiche, bei Silke und Olaf Jaschinski ist alles noch so, wie man es sich wünscht.

Gemütliche, charmant rustikale Gasträume, über 1000 Bierkrüge, die in den letzten drei Generationen gesammelt wurden, schmücken die Wandborde, der Stammtisch trifft sich in geselliger Runde und Küchenchef Wolfgang Koopmann kocht von fein bis herzhaft, was das Herz begehrt. Dabei wird immer das gute Preis-Leistungs-Verhältnis deutlich, ob man Edelfischpfanne mit Dillsauce und wildem Reis, Seeteufelmedaillons auf Hummerrahm oder traditionelle Hausmannskost wie den Matjestopf mit Bratkartoffeln oder klassisches Sylter Krabbenbrot mit Rühr- oder Spiegelei wählt. Berühmt ist die Eiche auch für ihre wöchentlichen Spezialitäten-Tage. Jeden Dienstag gibt es Mastente frisch aus dem Ofen, am Donnerstag geniale Spare-Ribs, und wen es mehr nach Fisch gelüstet, der ist am Freitag mit der großen Fischplatte bestens bedient. Schöner Saal für Festlichkeiten. Partyservice.

Gasthof Zur Eiche, Zur Eiche 38, 25980 Tinnum, Telefon: 0 46 51 / 3 11 44, Telefax: 0 46 51 / 93 58 12, **Öffnungszeiten Küche:** Montag bis Freitag 17.00 – 23.00 Uhr, Samstag, Sonn- und Feiertage 10.30 – 14.00 Uhr, **Ruhetag:** keiner (im Juli und August), ansonsten Mittwoch, gutbürgerliche Küche, **Vorspeisen** von 7 bis 14 Mark, **Hauptgerichte** von 18 bis 34 Mark

Eichen-Hit am Donnerstag: Spare-Ribs satt.

HINKFUSS AM DORFTEICH

KREATIVKÜCHE BESONDERER ART

Gut 35 Jahre Gastronomieerfahrung auf Sylt liegen hinter dem waschechten Berliner Ulrich Hinkfuss. Sein Wenningstedter Restaurant ist seit 1988 eine Pilgerstätte für Gourmet-Jünger und Freunde edlen Rebsaftes.

„Ein Köcheleben reicht nicht aus, um all die möglichen schönen Dinge aus den Produkten des Nordens herzustellen", philosophierte der gewichtige Patron einmal. Beim Blick auf seine handgeschriebene, täglich wechselnde Karte sieht man aber sofort, dass diese Aussage durchaus ernst gemeint ist. Denn Ulrich Hinkfuss' Experimentierfreudigkeit mit Produkten der Region ist schier unbegrenzt. Eine klare Handschrift, die ihm viele treue Fans einbrachte und Klassiker schuf, wie das marmorierte Gänseleber-Parfait. Doch seine Liebe gehört den Fischen aus der Nordsee und Gerichten aus Holstein. Und natürlich seiner Frau Inga, die mit großer Liebenswürdigkeit für einen perfekten Service sorgt. Als Koch ist Ulrich Hinkfuss die Nähe zum Wein selbstverständlich. Sein Keller bevorratet deshalb so manch verlockende Kreszenz. Und auch als gestaltender Künstler hat der Meister ein Händchen: Seine Weinetiketten sind Aufsehen erregend.

Hinkfuss am Dorfteich, Inhaber: Ulrich und Inga Hinkfuss, Am Dorfteich 2, 25996 Wenningstedt, Telefon: 0 46 51 / 54 61, **Öffnungszeiten Küche:** 12.00 – 14.30 Uhr und ab 18.00 Uhr, **Ruhetag:** Montag, Abendkarte: **Vorspeisen** von 15 bis 35 DM, **Hauptgerichte** von 35 bis 65 DM, **Kreditkarten:** American Express, Diners Club, Eurocard, Visa

Ulrich Hinkfuss und seine kreative Brigade. Die Etiketten für eine eigene Weinlinie kreiert der Meister persönlich.

CAFE MEERESBLICK

JETZT MIT VINOTHEK

Vorne, am Roten Kliff im beschaulichen Ort Wenningstedt, führt das hölzerne Freilufttreppenhaus zu einem der schönsten Strände der Insel, und auf dem Weg dahin lockt rechts eine weiße Villa aus der Jahrhundertwende mit einem viel versprechenden Namen, das Café Meeresblick.

Wer sein Mittagsmahl, die Tee- und Kuchenzeit oder das Abendessen mit einem traumhaften Panorama genießen will, ist hier richtig. Der Blick geht weit über Dünen, Brandung und Nordsee. Auf der Terrasse sitzt man geschützt von Strandkörben und halbhohen gläsernen Wänden, innen umgibt geschmackvolle Ländlichkeit die Gäste. Die gutbürgerliche norddeutsche Küche zeigt sich mittags herzhaft mit Scholle, Braderuper Zwiebelrostbraten, hervorragendem Labskaus. Es wird grundsätzlich nach der Saison gekocht vom Grünkohl bis zum jungen Matjes. Nachmittags sind die leckeren selbst gebackenen Kuchen vom Blech gefragt (Zwetschgen, Apfel, Butter, Mohn, was das Herz begehrt, köstlich die Friesensahnetorte), und am Abend tritt die Küche gerne auch feiner auf mit Scampi-Muschelpfanne im Kräutersud oder Lammrücken in der Honig-Kräuterkruste. Die Neuheit zur neuen Saison: Der Oberstock wurde zur Vinothek ausgebaut. Dort gibt es jetzt mediterrane Küche, und die Weine, auch große Kreszenzen, werden glasweise ausgeschenkt.

Café Meeresblick, Sandstraße 22, 25993 Wenningstedt / Sylt, Telefon: 0 46 51 / 4 44 22, Telefax: 0 46 51 / 4 56 41, Öffnungszeiten Küche: 11.00 – 22.30 Uhr, Ruhetag: keiner, Kreditkarten: American Express, Diners Club, Eurocard, Visa

Kulinarische Rast mit Panoramablick vom Roten Kliff.

HOTEL STRANDHÖRN

FEINE ADRESSE ZUM SCHLEMMEN UND GENIESSEN

Bereits Thomas Mann residierte im Strandhörn, dem hübschen weißen Hotel gleich hinterm breiten Dünengürtel von Wenningstedt. Die gastliche Herberge hat schon viel Prominenz gesehen und wird seit bald 30 Jahren von der Familie Lässig engagiert geführt.

Ankommen und sich rundum wohl fühlen – für die Gäste des Strandhörn eine Selbstverständlichkeit. Denn für Bequemlichkeit und viel Komfort sorgen die an Ausstattung reichen Hotelzimmer und Suiten vom ersten Augenblick. Sie verteilen sich auf zwei, durch einen Wintergarten verbundene Villen sowie eine nahe Dependance. Ein gepflegter Sommergarten mit Strandkörben und Liegewiese gehört auch dazu. Sportliche Naturen finden im Fitnessbereich, der über Finnische und Römische Sauna verfügt, ihr Eldorado. Und das hauseigene Kosmetikstudio verwöhnt mit einem umfangreichen Pflegeprogramm. Besonders stolz sind die Lässigs auf ihr exklusives Restaurant, das durch Sohn Dirk einen weit über die Inselgrenzen hinaus bekannten Ruf erworben hat. Seit Anfang 1995 steht der Juniorchef hier mit seiner jungen Brigade am Herd. So diniert man des Abends in einer wohltuend unverkrampften Atmosphäre, umgeben von viel Messing und Exponaten zeitgenössischer Künstler.

Lässig im Hotel Strandhörn, Inhaber: Familie Lässig, Dünenstraße 1, 25996 Wenningstedt/Sylt, Tel.: 0 46 51 / 94 50-0, **Öffnungszeiten Küche:** 18.00 – 22.00 Uhr, **Ruhetag:** Mittwoch, **Vorspeisen** von 18 bis 28 Mark, **Hauptgerichte** von 45 bis 50 Mark, **Kreditkarten:** keine

Eines der gefragtesten Hotel-Restaurants in Wenningstedt überzeugt durch stilvolles Ambiente und eine überragend kreative Küche.

WENNINGSTEDTER KRUG

SYLTS GANZER CHARME

Jörg Fichtner ist einer der wenigen gebürtigen Sylter Gastronomen. Er kennt die kleinen Geheimnisse der Insel, und er führt mit großer Liebe zum Metier eines ihrer kulinarischen Aushängeschilder. Sein Wenningstedter Krug ist ein echtes Refugium für Genießer.

Das Ambiente wohnlich-behaglich mit holzvertäfelten Wänden und bestickten weißen Tischdecken, die Speisekarte abwechslungsreich von regional bis international. Da stehen Steinbeißerfilet unter der Kräuterkruste auf Gurkengemüse oder Keitumer Leber mit Kräuterjus und Zucchiniragout auf dem Programm. Ein Genuss, die Medaillons vom Jungschweinfilet auf Gorgonzolasauce mit Broccoli und Bandnudeln. Lecker die Sylter Meeräsche auf Ananaskraut und Specksauce. Es gibt feine Weine, immer empfohlen in Harmonie zu den Gerichten, ein umfangreiches Frühstücksbuffet, eine familienfreundliche Mittagskarte mit Tellerbrunch und Tageseintopf sowie am Nachmittag verlockende hausgemachte Kuchen. Gleichfalls allen Ansprüchen gewachsen zeigt sich das angrenzende Hotel Wenningstedter Hof. Acht romantische, im Bäderstil der Jahrhundertwende eingerichtete Zimmer, ein Haus, das den ganzen Charme Sylts widerspiegelt.

Wenningstedter Krug, Wenningstedter Hauptstraße 1, 25996 Wenningstedt, Telefon: 0 46 51 / 94 65 30, Telefax: 0 46 51 / 4 39 88, **Öffnungszeiten Küche:** 9.00 – 22.30 Uhr, **Ruhetag:** Mittwoch, regionale und internationale Küche, **Vorspeisen** von 8 bis 15 Mark, **Hauptgerichte** von 25 bis 33 Mark, **Kreditkarten:** EC-cash

Schlemmen wie Gott in Wenningstedt: Sylter Lammkrone mit Kräuter-Senf-Kruste, dazu Spinat und Thymian-Jus.

HOTEL WINDROSE

GOURMET-TIPP IM BESCHAULICHEN WENNINGSTEDT

Wenige Autominuten vom turbulenten Westerland entfernt, empfängt Wenningstedt seine Besucher in idyllischer Beschaulichkeit. Der Strand zu Füßen des Roten Kliffs ist einer der schönsten der Insel, und gerade auch in den stillen Zeiten vor und nach der boomenden Sommersaison entfaltet das Seebad wie die romantische Natur ganz besondere Reize. Ein einladendes Domizil für jede Jahreszeit, zugleich eine der besten kulinarischen Adressen Sylts finden Gäste an der Strandstraße vis-à-vis dem Kurmittelhaus.

Drei Häuser aus der Jahrhundertwende, errichtet in der typischen Wenningstedter Bäderarchitektur, sind hier baulich behutsam miteinander verbunden und erweitert, Dependancen gruppieren sich locker um den sonnigen, begrünten Innenhof. Das Hotel Windrose bietet in 101 Zimmern, davon 18 Suiten, alle Annehmlichkeiten modernen Komforts. Der Innenhof ist ein stiller Ort für erholsame Mußestunden. Nichts stört die Ferienruhe oder die wohlverdiente Seminarpause, die man hier entspannt im Strandkorb genießen kann.

Wer gezielt zur Pflege der Gesundheit in der Windrose eincheckt, konsultiert den Arzt im Haus, gönnt sich eine Massage beim hauseigenen Masseur Nico Boogertz und bringt sich im Schwimmbad, im Whirlpool, in der Sauna und im Dampfbad ins Gleichgewicht. Seinen Tagungsgästen wartet Direktor Rudolf Schwenn in drei Konferenzräumen und dem großen

Hotel mit Atmosphäre und Gourmandise.
Oben: die Admirals-Stuben. Unten: die Bar.

Top mit mediterraner Cuisine: das Gourmet-Restaurant Veneto.

Kursaal nicht nur mit modernsten Tagungsmodalitäten auf, er zeigt sich auch als Organisator inseltypischer Incentive-Programme vom Orgelkonzert in der Keitumer Kirche bis zum Rundflug über Sylt und hausinterne Veranstaltungen.

Feinschmecker wissen zu schätzen, dass die Küche im Hotel Windrose in kurzer Zeit auf die oberste Sylter Etage gestiegen ist. Seit März steht Bernhard Büdel am Herd, ein Sternekoch, der zuvor viele Jahre eine Institution der ostwestfälischen Gourmetszene war. Er zeigt in den gemütlichen Admirals-Stuben feine regionalbetonte Küche von frischen Nordseekrabben auf Friesenbrot über Hamburger Pannfisch bis zu Rotbarsch in Champagnersauce und glänzt im Sternerestaurant Veneto mit einer klassisch mediterranen Cuisine, klare kräftige Aromen gehören zu seinen Markenzeichen, genussvoll zu kosten bei Jakobsmuscheln in Safransoße mit Löwenzahn und Rucola, Taubenbrust auf Balsamicolinsen, Seeteufel im Spinatmantel mit Tomatenbutter und Basilikumspaghetti.

Hotel Windrose, Strandstraße 21 – 23, 25996 Wenningstedt, Telefon: 0 46 51 / 94 00, Fax: 0 46 51 / 94 08 77, **Öffnungszeiten Küche:** Admirals-Stuben: täglich 12.00 – 14.00 Uhr, 18.00 – 22.00 Uhr, Gourmet-Restaurant „Veneto“: 18.00 – 22.00 Uhr, **Ruhetag:** Dienstag, **Kreditkarten:** American Express, Diners Club, Eurocard, Visa

Duckstein
Rotblondes Oberbräu
Auf Buchenholz gereift
DAS LEBEN IST SCHÖN.

WONNEMEYER

ABC VORM KLIFF

Im Rücken das Kliff, drunter der Sand, vorne der Strand – näher am Meer als bei Wonnemeyer kann man auf Sylt nicht speisen, ob man auf die Lage kuckt oder auf die Speisekarte.

Nach vielen gemeinsamen Reisen um die halbe Welt, inspiriert von Sonnenuntergängen in Beachbars anderer Trauminseln eröffneten Rüdiger Meyer und Britta Wonneberger 1997 ihr „Café del Mar" auf Sylt. Direkt am Strand von Wenningstedt steht jetzt – gegründet auf 100 starken Douglasien-Stämmen – Wonnemeyer in der ersten Reihe mit freiem Blick nach England. Auf der großen Terrasse, mit garantiertem Meeresblick, gibt's an einfachen Holztischen und Bänken das große ABC: Austern, Bier & Currywurst! Nach dem Motto „Weniger ist mehr" wird Frische und Qualität umgesetzt: Fisch, gegrillt mit grobem Meersalz, dazu Salat und Kartöffelchen, ist der Renner. Auf Platz 2 liegen dann Muscheltopf und gemischte Muschelplatte mit Sylter Wildmuschel, Messerscheide und Herzmuscheln. Hervorragend auch die Sylter-Royal-Austern, natur und in Variationen, Hummer aus dem Nordseewasser und alles, was so im Meer krabbelt und schwimmt. Wer einen Fahrplan durch die Woche wünscht: Täglich gibt's ab 18 Uhr ein Extra, vom bretonischen Fisch- und Krustentier-Eintopf Matelotte bis zur Paella.

Wonnemeyer, Am Strand Nr. 1, 25996 Wenningstedt/Sylt, Telefon: 0 46 51 / 4 52 99, Telefax: 0 46 51 / 4 31 50, E-Mail: info@wonnemeyer.de, Internet: http//:www.wonnemeyer.de, **Öffnungszeiten Küche:** in der Saison täglich von 11.00 – 22.00 Uhr, frische Fisch- und Strand-Küche, **Vorspeisen** von 4 bis 18 Mark, **Hauptgerichte** von 9 bis 75 Mark, **Kreditkarten:** keine

Rüdiger Meyer, kurz vorm Ansturm der Gäste.

ALTE FRIESENSTUBE

EIN STÜCK SYLTER TRADITION

Die Alte Friesenstube ist nicht nur nachweislich das älteste Haus Westerlands. Sie zählt auch zu den ältesten und geschichtsträchtigsten Gebäuden von Sylt überhaupt. Außerdem ist sie ein idealer Ort, um echt friesisch zu speisen.

Dem unermüdlichen Einsatz der Familie Schacht ist es zu verdanken, dass das um 1648 erbaute Baudenkmal kein moderner Appartementkomplex wurde. Nach jahrelanger Detailarbeit und vollständiger Restaurierung ist aus dem reetgedeckten Kleinod ein bezauberndes Schmuckkästchen entstanden. Das Ambiente zeigt eine Vielfalt stilvoller Accessoires, von den alten Kapitänsbildern über die Holzböden bis zu den historischen, handgefertigten Delfter Fliesen. Die Küche setzt auf Tradition und heimatliche Kultur, und konsequenterweise präsentiert die Karte ihre Speisen in Sylter Platt. Aber keine Angst, wer da nicht kundig ist. Hausherr Nico Schacht und seine charmante Servicecrew um Petra Ipsen und Susanne Schmitz übersetzen gerne. Küchenchefin Meike Diegmann bringt Sylter Ziegenkäse mit Feldsalat oder Friesenstubensülze mit Remouladensauce und Bratkartoffeln auf den Tisch. Ein Gedicht, die hausgemachte Rinderroulade. Stammgäste schwören selbstverständlich auf die gebratene Ente aus dem Backofen mit Rotkohl und ihrem eigenen Jus.

Alte Friesenstube, Gaadt 4, 25980 Westerland, Telefon: 0 46 51 / 12 28, Fax: 0 46 51 / 83 44 10, **Öffnungszeiten Küche:** täglich 11.30 – 14.30 Uhr, 18.00 – 22.30 Uhr, **Ruhetag:** Montag, friesische Küche, **Vorspeisen** von 11 bis 26 Mark, **Hauptgerichte** von 15 bis 41 Mark, **Kreditkarten:** American Express, EC-Cash

Die junge Mannschaft um Nico Schacht ist bekannt für exzellente friesische Küche und zuvorkommenden Service.

Antike Fußböden, handgefertigte Delfter Fliesen und liebevoll dekorierte Accessoires vermitteln in der Alten Friesenstube ein unvergleichliches Wohlfühlambiente.

CALA DI VOLPE

EIN STÜCK ITALIEN IN WESTERLAND

Nicht weit von der Friedrichstraße, von Westerlands Einkaufsmeile, entfernt, hat Antonio Kabani (Il Ristorante, Kampen) mit seinem Partner Markus Müller im vergangenen Jahr das Restaurant Cala di Volpe eröffnet. Es wurde in kürzester Zeit zu einem beliebten Anlaufpunkt für Freunde der italienischen Küche.

Hat man das Restaurant einmal betreten, so fällt es leicht, sich weit in den Süden, ans mediterrane Meer zu träumen. Italienisches Flair überall, originale Antikplakate, Teakholzstühle, heitere, erfrischende Sommerfarben, ein charmantes Service-Team.
Eine große Glasvitrine präsentiert die unverzichtbare, variantenreiche Palette der Antipasti. Großes Lob für Küchenchef Geramolo Parisi. Er kocht ausgezeichnete toskanische Küche, in die er immer wieder Inspirationen aus seiner sardischen Heimat einstreut, lecker zum Beispiel die Nudelrolle mit Spinat und Frischkäse auf Tomatensauce und Olivenpaste. Verlockend auch seine hauchdünn geschnittene Bresaula, delikat dazu der Linsensalat mit Erdbeeren. Die Toskana grüßt mit Kalbsleber an roten Zwiebeln in Vin Santo oder mit einem Rumpsteak in Barolosauce, aromatisch mit Pflaumen und Pinienkernen abgeschmeckt. Schön die Terrasse vorm Haus, ein Hauch von italienischer Piazzetta im Herzen Westerlands.

Cala di Volpe, Boysenstr. 3, 25980 Westerland, Telefon: 0 46 51 / 29 96 62, **Öffnungszeiten Küche:** 12.00 – 24.00 Uhr, **Ruhetag:** keiner, toskanisch-sardische Küche, **Vorspeisen** von 12 bis 24 Mark, **Hauptgerichte** von 16 bis 48 Mark, **Kreditkarten:** EC-Cash

Italienische Lebensart im Herzen von Westerland.
Unten: das Restaurant. Oben: die Piazzetta.

RESTAURANT CHARLY

LOCKERE ATMOSPHÄRE

Schon seit Jahren gehört das „Charly" zu den anerkannt guten kulinarischen Adressen in Westerland. Namengeber ist Charly Engelhard, der das Restaurant mit seiner Ehefrau Brigitte leitet. Entsprechend unkompliziert geht es zu. Man kennt sich und Urlauber wie Insulaner loben gleichermaßen die Küche und den zuvorkommenden Service.

Das denkmalgeschützte Friesenhaus in Alt-Westerland besitzt das ideale Flair für eine bodenständige, gutbürgerliche Küche: Charly kreiert nicht nur ausgezeichnete Fischgerichte, von der in Speck gebratenen Kutterscholle über das Steinbeißerfilet auf Pfeffersauce bis zum Seeteufelfilet auf einer Riesling-Knoblauchsauce, sondern legt auch großen Wert auf feine Soßen. Dabei orientiert sich sowohl die Standard- als auch die Tageskarte an den Frischeprodukten des Marktes. „Besonders in den ersten Urlaubstagen ist der Run auf Fischgerichte besonders groß", erzählt Charly. „Danach wollen viele auch mal ein Steak oder unsere Kalbsnieren." Die bereitet Engelhard mit einer Senf-Sahnesauce zu, angerichtet mit Reis, auf Wunsch auch mit Bratkartoffeln. Denn bei Charly bekommt der Gast alles, worauf er Appetit hat. So zaubert die Küche nach Absprache auch das Lieblingsmenü auf die Teller.

Restaurant Charly, Inhaber: Charly Engelhard, Keitumer Chaussee 10 / Hinterhof, 25980 Westerland, Telefon 0 46 51 / 52 66, **Öffnungszeiten Küche:** 17.00–23.00 Uhr, **Ruhetag:** Montag, Betriebsferien: November, Weihnachten und Silvester geöffnet! **Vorspeisen** von 5 bis 14,50 DM, **Hauptgerichte** von 17,50 bis 38 DM, **Kreditkarten:** keine

Stimmiges Ambiente: Platznehmen unter alten Öllampen an bejahrten Tischen.
Eine Sylter Institution: der Rheinländer Charly Engelhard.

DORINT STRANDHOTEL

FAMILIENHOTEL AN DER HIMMELSLEITER

Verschiedene Orchester unterhalten die Westerländer Gäste vor der Konzertmuschel. Wer lieber ganz andere „Musik“ hört, macht sich zum Strand auf, um dem Donnern der Brandung zu lauschen. Gäste des Dorint Strandhotels, das hinter der Dünenkette im Süden von Westerland liegt, haben bei dieser Art der Freizeitbeschäftigung einen Standortvorteil.

Denn über die Stufen der „Himmelsleiter“, dem bekanntesten Badestrand der Inselmetropole Westerland, geht es über den Dünenweg direkt zum Strand. Versucht das Wetter einmal die Urlaubspläne zu durchkreuzen, so ist das schöne hauseigene Schwimmbad mit Sauna und Massage eine reizvolle Alternative. Aber auch die nahe gelegenen, im Winter überdachten Tennisplätze werden von den Gästen gerne genutzt.

Die Hotelanlage im friesischen Stil besteht aus drei miteinander verbundenen Gebäuden mit zeitlos geschmackvollen Studios, Suiten und Maisonetten. Sie sind in zartem Blau gehalten und verfügen nicht nur über jeglichen modernen Komfort, der einen Urlaubsaufenthalt so angenehm gestaltet, sondern sind auch äußerst wohnlich eingerichtet. Familien mit Kindern wissen das zu schätzen. Ebenso erwähnenswert ist der Service des Hauses, der liebenswürdig und verbindlich den Umgang mit den Gästen pflegt und dem anspruchsvollen Haus der gehobenen Kategorie alle Ehre macht.

Ein Urlaubstag im „Dorint“ beginnt mit einem üppi-

„Nicht daheim und doch zu Hause“:
im Strandhotel an der Westerländer Himmelsleiter.

gen Frühstücksbuffet (7.30 bis 12.00 Uhr) im Restaurant-Bistro „Lakshüs", das mit seinem vielfältigen Brot-, Aufschnitt-, Eierspeisen- und Müsliangebot bis hin zu frisch gebackenen Waffeln keine Wünsche unerfüllt lässt. Dazu zählen auch die „Moin, Moin-Highlights", die zu Recht vollmundig auf der Tafel angekündigt werden. An diesem Morgen gibt es verschiedene Eierspeisen, z. B. Rührei mit Krabben; täglich erfreuen sich die Gäste aber auch an den ofenfrischen Croissants. Und wer morgens schon Appetit auf Lachs und andere Fischspezialitäten hat, wird ebenfalls nicht enttäuscht. Zur Mittagszeit bietet das „Lakshüs" für den kleinen Hunger zwischendurch Snacks und andere Kleinigkeiten – die leckeren Waffeln sind natürlich auch noch zu haben. Dem Anspruch, ein „Lakshüs"-Restaurant zu sein, wird die umfangreiche Abendkarte gerecht, die um Spezialitäten rund um den Lachs erweitert wurde. Gäste können nun von der Lachscremesuppe über Lachskotelett bis zu Variationen vom Lachs schwelgen, andere goutieren das Sylter Deichlamm mit Knoblauchsauce, Ratatouille und Gratinkartoffeln.

Dorint Strandhotel, Schützenstraße 22–26, 25980 Westerland, Telefon: 0 46 51 / 85 00, Fax: 0 46 51 / 85 01 50, Zimmer und Suiten von 320 bis 725 Mark, **Kreditkarten:** EC-Karte, American Express, Eurocard, Diners Club, Visa

FRANZ GANSER

FEINE CUISINE IM KLEINEN RESTAURANT

Franz Ganser hat mit seinem kleinen Restaurant im Herzen von Westerland einen Treffpunkt für Gourmets geschaffen, die Spitzenküche lieben, wenn sie sich mit Phantasie und individueller Handschrift präsentiert.

Franz Gansers Name steht über Sylt hinaus für erstklassige kulinarische Genüsse und Qualität. Man werfe nur einen Blick in die Gastronomieführer. Die erstklassig zusammengestellte Weinkarte (30 offene Kreszenzen, viele halbe Flaschen) weist schon darauf hin, dass hier auf Harmonie von Gewächs und Gericht Wert gelegt wird. Franz Gansers Kreationen sind Einladungen für schmackhafte Weinbegleitungen, von der Gänsestopfleber mit Karamel-Rotwein-Sauce bis zum gefüllten Ochsenschwanz in Barolo. Immer ein Finessenreigen: sein Sylt-Menü. Das kann mit einem Carpaccio von Lachs und Seeteufel an frischen Kräutern beginnen. Lecker danach Steinbuttfilet und Langoustinen mit Zuckerschotenstroh, und ein Gedicht schließlich – vielleicht nach einem Birnen-Sorbet – Gansers Rehrückenfilet mit Steinpilzen im Brickteig, dazu gibt er kleine Gemüse und Portweinjus. Keinesfalls ausschlagen sollte man zum süßen Ende die bunte Dessert-Variation. Schön, wenn es schön ist: die Sommerterrasse.

Franz Ganser, Bötticherstraße 2 / Ecke Boysenstraße, 25980 Westerland/Sylt, Tel.: 0 46 51 / 2 29 70, Telefax: 0 46 51 / 83 49 80, E-Mail: FGanser1@AOL.com, **Öffnungszeiten Küche:** 12.00 – 14.30 Uhr, 18.00 – 23.00 Uhr, **Ruhetag:** Montag, kreative Küche mit regionalen und französischen Akzenten, **Vorspeisen** von 18 bis 29 Mark, **Hauptgerichte** von 39 bis 49 DM, **Kreditkarten:** American Express, Eurocard, Diners Club, Visa

Franz Ganser, sein Service-Chef Uwe Rother, unten das Restaurant: Freundliche Atmosphäre, Spitzenküche.

HARDY AUF SYLT

ELSÄSSISCHE GASTLICHKEIT IM HOHEN NORDEN

Bei „Hardy“ auf Sylt gibt es kein Bier. Das ist aber nicht die einzige Exklusivität dieses renommierten Weinrestaurants in Westerland. Das runde Backsteinhaus im Friesenstil mit seinen edlen Wand- und Deckentäfelungen ist selbst ein schmuckes Unikum, und außergewöhnlich ist auch die Küchenrichtung. Hardy bringt das Elsass nach Sylt.

Das liegt an Patron André Speisser. Er stammt aus dem Elsass. Zusammen mit seiner süddeutschen Frau Susanne führt er sein Restaurant, längst eine Institution auf Sylt, seit nun schon achtzehn Jahren. Dritter im Bund ist Chefkoch Oliver Saar, und es ist ein Vergnügen, zu schmecken, wie seine feine gediegene Küche die Schlemmereien aus dem Alsace in den Vordergrund rückt: Schnecken Elsässer Art, eine klassische Quiche Lorraine, die Fischvariation auf feinem Elsässer Sauerkraut, den Munster-Käse im Strudelteig, den Elsässer Eis-Gugelhupf. Immer eine Mahlzeit wert sind aber auch andere Hardy-Klassiker, ob französisch, ob inselregional, vom Deichlammrücken, mit Rosmarin gebraten, bis zum Pfefferfiletsteak mit grüner Pfeffersauce und Kartoffelgratin. Die Weinkarte ist so verführerisch (Elsass und Frankreich sind Schwerpunkte) wie preisgünstig, nicht zuletzt deshalb, weil der Patron es liebt, bei den Winzern selbst zu kaufen.

Hardy auf Sylt, Norderstraße 65, 25980 Westerland/Sylt, Telefon: 0 46 51 / 2 27 75, Telefax: 0 46 51 / 2 95 20, **Öffnungszeiten Küche:** 18.00 – 23.00 Uhr, **Ruhetag:** Montag, französische und regionale Küche, **Vorspeisen** von 11,50 bis 17,50 DM, **Hauptgerichte** von 28,00 bis 34,50 DM, **Kreditkarten:** American Express, Diners Club

Das stilvolle runde Reethaus liegt mitten in Westerland und bietet regionale und französische Küche.

RESTAURANT JÖRG MÜLLER

GASTRONOMISCHER GIPFEL

Sylt hat seine Gipfel. Die höchste Düne zum Beispiel, die Uwe-Düne in Kampen, erreicht immerhin einen Scheitelpunkt von 52,5 m über dem Meer. Kulinarisch ragt niemand höher empor als Jörg Müller in der Westerländer Süderstraße. Der lebensfreudige, sympathische, souverän schöpfende Sternekoch ist die unumstrittene Nummer eins.

Was die Gäste hier auf den Teller bekommen, ist vom Allerfeinsten: Fische und Krustentiere aus der Nordsee, Lämmer und Rinder von den Weiden hinter dem Deich und Ziegenkäse von den Bauern aus Keitum. Edelfische wie Lotte, Steinbeißer oder Meeresforellen bezieht der engagierte Herdkünstler aus dem dänischen Esbjerg. Dabei basiert Jörg Müllers viel gerühmte Küche auf den Grundpfeilern der badischen Küche, der klassisch-französischen Haute Cuisine und auf seiner eigenen, schier unerschöpflichen Kreativität.
Etwas deftigere, aber mindestens ebenso delikate Gerichte gibt es im Bistro Pesel. Äußerst empfehlenswert ist das Pesel-Menü. Das kann zum Beispiel so aussehen: Geflügel-Gänseleberparfait im Pumpernickelmantel, Piccata von Seeteufelbäckchen auf Blattspinat, Zweierlei vom Milchlamm mit Bohnen und Kartoffelgratin, Limonenparfait mit marinierten Erdbeeren. Ergänzt wird das kulinarische Erlebnis bei Jörg Müller durch eine kaum zu übertreffende Weinkarte und ein Ambiente, so fein wie behaglich. Schon ein kurzer Blick in Jörg Müllers Weinliste dokumentiert, mit wie großem Sachverstand sie zusammenge-

Sylts Nummer Eins: Jörg Müller mit Gattin und Gastgeberin Barbara Müller, Tochter Jane und Sohn Jan-Sören.

stellt wurde: Etwa 1000 Positionen umfasst sie inzwischen. 200 weitere Sorten lagern unter den 18 000 Flaschen im Keller. Den strengen Juroren des amerikanischen Fachblattes Wine Spectator ist das exzellente Repertoire deshalb schon seit Jahren einen Grand Award wert. Eine Sylt-Reise ohne den gastronomischen Gipfel des Eilands besucht zu haben, ist deshalb für viele wie ein Sonnenuntergang ohne Meer. Das schmucke, reetgedeckte Backsteinhaus beherbergt heute nicht nur das Bistro Pesel und das mehrfach prämierte Gourmet-Restaurant Jörg Müller, sondern auch einen dritten kleinen Speiseraum. Er ist sofort zum Publikumsrenner geworden: Abels Bar. Dort schlürfen Gäste nicht nur Abels phantastische Cocktails, etwa seinen betörenden Aperitif La Provocation. Sie lassen sich auch aus den Karten beider Restaurants servieren, je nachdem, wonach die Lust verlangt. Bei Abel sitzt man locker und leger auf Barhockern und -bänken an hohen Bistro-Tischen.

Jörg Müller war nie ein feierlicher Prophet der Nouvelle Cuisine, eher ein lebenslustiger Weinfreund und Gastronom. „Schon als Kind hatte ich nur einen Berufswunsch – Koch zu werden", erinnert er sich heute. „Diesen Traum habe ich mir erfüllt. Dabei möchte ich meinen Gästen immer das Besondere bieten." Dazu gehört seit April ein eigenes Hotel. 23 Zimmer, eingerichtet im schlicht-edlen Stil der amerikanischen Ostküste, warten auf Gäste, die in der Süderstraße nicht nur speisen, sondern auch gleich wohnen wollen. Entspannend der schöne Wellnessbereich.

Hotel-Restaurant Jörg Müller, Süderstraße 8, 25980 Westerland, Tel.: 0 46 51 / 2 77 88, Telefax: 0 46 51 / 20 14 71, **Öffnungszeiten Küche:** Donnerstag bis Montag 12.00 – 14.30 Uhr und ab 18.00 Uhr, Mittwoch ab 18.00 Uhr, **Ruhetag:** Dienstag, feine regionale und französische Küche, **Vorspeisen** von 10 bis 38 Mark, **Hauptgerichte** von 34 bis 54 Mark, **Kreditkarten:** American Express, Diners Club, Eurocard, Visa

Sylt-Cuisine à la Jörg Müller:
Geflügel-Gänseleber-Parfait im Pumpernickelmantel.

KIEK IN

SPEISEN UNTER AHORNBÄUMEN

„Kiek In“ – schau herein, sei willkommen! Auf ihre herzliche und unkomplizierte Art lädt das junge Gastronomen-Ehepaar Schmidt abseits der Westerländer Flaniermeilen in einen der ältesten Friesengasthöfe ein, schon mehrfach ausgezeichnet und unter den schönsten in Nordfriesland zu finden.

Damals noch vor den Toren der Stadt wurde dieses typische Bauernhaus mit Ställen, Heuboden und Wohnräumen unter einem Dach Anfang des 18. Jahrhunderts inmitten von grünen Wiesen erbaut. Erst 1959 ging das Anwesen in den Besitz der Familie Harry Schmidt über. Sechs Jahre später übernahm sein Sohn Peter mit seiner Gattin Ingrid den Hof. Vor 10 Jahren kündigte sich ein weiterer Generationswechsel an: 1991 wurde Peter Schmidt jr. Küchenchef im väterlichen Betrieb. Üppig begrünt mit ausladenden Ahornbäumen präsentiert sich heutzutage der Vorgarten mit einer wunderschönen Terrasse, die nicht nur bei strahlendem Sonnenschein zur Pilgerstätte kenntnisreicher Feinschmecker wird. Denn Peter Schmidt jr., Inhaber und Küchenchef in Personalunion, kann auf eine beeindruckende Vita zurückblicken. Der gebürtige Sylter lernte sein Handwerk im Landhaus Stricker (1983 bis 1986) und verbrachte, bevor er das Kochteam von Anna e Sebastiano in Hamburg verstärkte, einige Jahre in der Schweiz, im Suvretta House in St. Moritz und im Steigenberger in Davos. Vor 5 Jahren übernahm er von seinem Vater Peter das „Kiek In“, das er nun mit Ehefrau Christina Lohmann-

Gemütlichkeit ist Trumpf in einem der ältesten Friesengasthöfe der Insel.

Schmidt führt. Der 33-jährige schwört dabei auf eine leichte regionale Küche mit zeitgemäßem italienischen Einschlag. Seine gebratene Sylter Lammleber auf warmen Balsamico-Linsen ist ebenso köstlich wie seine in Rosmarin gebratene Sylter Meeräsche mit Tomaten-Zucchini-Gemüse. Ein Renner ist auch das kross an der Haut gebratene Zanderfilet auf hausgemachten Tomatenspätzle und Ruccolasalat sowie die rosa gebratene Keule vom heimischen Salzwiesenlamm mit Kenia-Böhnchen und Brandteigkartoffeln.

Restaurant Kiek In, Inhaber: Peter Schmidt, Johann-Möller-Straße 2a, 25980 Westerland, Telefon 0 46 51 / 52 32, Telefax 0 46 51 / 2 20 15, **Öffnungszeiten Küche:** Mittwoch bis Montag von 12.00 – 14.00 Uhr; im Juli/August auch Dienstag geöffnet, **Ruhetag:** Dienstag, Betriebsferien: 14 Tage im November, Anfang Januar bis 15. Februar, Weihnachten und Silvester geöffnet, **Vorspeisen** von 14 bis 19 DM, **Hauptgerichte** von 21 bis 39 DM, **Kreditkarten:** EC-Card

MEDITERANO

PROVENÇALISCH AMBITIONIERTE KÜCHE

Der Name des im mediterranen Stil eingerichteten Restaurants in Alt-Westerland ist Programm. Entsprechend kocht Rainer Willam mottogemäß einen Mix aus Steak, Fisch, Pasta und Sylter Spezialitäten mit südländischem Einschlag, wobei der Fisch naturgemäß eine besondere Stellung einnimmt.

Besonders zu empfehlen ist das Fischbuffet. Da gesellt sich zu Steinbutt, Seezunge, Seeteufel und diversen Krusten- und Schalentieren auch die äußerst schmackhafte Dorade. Auf der Speisenkarte fehlen aber auch nicht die typischen Sylter Spezialitäten, wie grüne Heringe, „Pannfisch“, Scholle, Muscheln oder die leckere Krabbensuppe. Wunschgemäß serviert Willam dazu Bratkartoffeln, Pellkartoffeln und „immer sehr viel Gemüse“. Da der gebürtige Göttinger „mit südlichem Einschlag“ kocht, gehören Knoblauch, Paprika, Tomaten und ein Bündel frischer Kräuter ohnehin zu den Basiszutaten seiner Speisen, die er entsprechend phantasievoll anrichtet. Schon in den 70er Jahren zählte der heute 52-Jährige zu den damals noch raren Spitzenköchen auf Sylt. Für das Landhaus Stricker erkochte er einen Michelin-Stern und sein erstes eigenes Restaurant durfte sich mit dem Titel „Aufsteiger des Jahres“ schmücken. In der Saison bietet das Mediterano nachmittags neben hausgemachten Blechkuchen noch frische Waffeln.

Mediterano, Inhaber: Rainer Willam, Keitumer Chaussee 5, 25980 Westerland, Telefon u. Telefax 0 46 51 / 83 52 52, Öffnungszeiten Küche: täglich ab 11.30 Uhr, Speisen von 11,50 bis 38,50 DM, Ruhetag: keiner, Montag (außerhalb der Saison), Weihnachten und Silvester geöffnet, Kreditkarten: keine

Dekorative Natursteinwände und rote Bodenfliesen, kombiniert mit rustikalen Tischen und Bänken, vermitteln hier mediterranes Flair.

HOTEL MIRAMAR

SYLTS LETZTES GRANDHOTEL

Das Hotel Miramar erinnert unwillkürlich an die großen Tage der Seebäder, an Glanz und Glamour vergangener Zeiten. Der prächtige Bau aus dem Jahre 1903 hat schon Generationen von anspruchsvollen, Erholung suchenden Kurgästen beherbergt und er tut es bis heute mit unverminderter Anziehungskraft.

Alle Annehmlichkeiten modernen Komforts im Logis-, Restaurant-, Tagungs- und Wellnessbereich sind hier selbstverständlich. Schon beim ersten Schritt ins Haus spürt der Gast den noblen Charme eines Grandhotels der Jahrhundertwende, der Zeit des Jugendstils. Eleganter Geschmack und stilvolles Interieur bewahren noch heute diesen Hauch der Geschichte, der mit den zeitgemäßen Dienstleistungen des familiengeführten Hotels völlig in Einklang steht. Einzigartig dabei die Lage ganz vorne auf der Düne.

Die Muße, sich der unendlichen Wechselhaftigkeit des Meeres hinzugeben, heute die glitzernde, von sanften Wellen nur leicht geriffelte Wasserfläche zu beobachten, morgen vom Wind gepeitschte, gischtgekrönte Wogen anbranden zu sehen, haben Miramar-Gäste schon zum Tagesbeginn, denn die Fenster des großzügig angelegten Restaurants gehen natürlich aufs Panorama von Strand und Westerländer Promenade. Dass dabei die Lebenskräfte für einen entspannenden, erlebnisreichen Tag erwachen, dafür sorgt ein vorzügliches Frühstücksbuffet.

Die vierte Generation der Familie Kreis fühlt sich den Ansprüchen klassischer Wohnkultur ebenso verpflichtet wie der Innovation. Nicolas und Christiana Kreis,

Miramar-Gastgeber von heute: Nicolas und Christiana Kreis.
Sie repräsentieren die vierte Familiengeneration.

die heutigen Gastgeber, gehen mit der Zeit. Ein exklusiver 400 Quadratmeter großer Wellnessbereich mit phantastischem Ausblick vom großartigen Pool auf die Nordseebrandung ist der beste Beweis. Das neue Wellnessangebot umfasst auch zwei Saunen und eine Dampf-Relax-Grotte mit Lichttherapie. Beautybehandlungen mit den exklusiven Produkten von Maria Galland, Massagen und sonnen unter modernen Solarien ergänzen das Angebot für Körper und Geist.

Die gute, reine Nordseeluft macht garantiert Lust auf ein ausgedehntes Menü am Abend. Wählt man den Zeitpunkt fürs Dinner richtig, sinkt am Horizont gerade die Sonne ins Meer, während drinnen bei Kerzenlicht zuvorkommende Damen und Herren den ersten Gang servieren. Auf Horst Warnkes Küche ist Verlass. Der Küchenchef zaubert zwar besonders gerne Spezialitäten aus der Nordsee auf den Teller, schreibt aber insgesamt eine Karte mit internationalen Delikatessen. So kann der Gast, je nach Gusto, mal das Chili-Tomaten-Risotto mit gebratenen Garnelen probieren, mit den Lammlendchen Mailänder Art einen kulinarischen Abstecher nach Italien unternehmen oder mit heimischer Küche wie Nordseescholle Müllerinart auf Nummer sicher gehen. Besonders lobenswert ist das große Angebot für Vegetarier, und natürlich gibt es rund ums Jahr immer wieder saisonale Angebote. Zur vorzüglichen Küche werden Weine aus namhaften Anbaugebieten der Welt kredenzt. Anschließend trifft man sich in der eleganten Jugendstilbar zum geselligen Abend bei internationalen Drinks und Cocktails.

Hotel Miramar, Friedrichstraße 43, 25980 Westerland, Telefon: 0 46 51 / 85 50, Telefax: 0 46 51 / 85 52 22, Internet: www.hotel-miramar.de, E-Mail: Miramar-Sylt@t-online.de, **Öffnungszeiten Küche:** täglich von 12.00 – 14.30 Uhr und ab 18.00 Uhr, internationale Küche, **Vorspeisen** von 17 bis 17 Mark, **Hauptgerichte** von 20 bis 44 Mark, **Kreditkarten:** American Express, Diners Club, Eurocard, Visa

Im Restaurant speist man feine internationale Küche.
Spektakulär der Nordseeblick.

OASE ZUR SONNE

BELIEBTER TREFFPUNKT IN DEN DÜNEN

Sylt ist ein Traum und eine Insel zum Träumen. Auf einem der schönsten Aussichtspunkte dieser Perle der Nordsee thront das Lokal „Oase zur Sonne".

Harmonisch vereint sich das in reizvoller Naturlandschaft in Richtung Rantum gelegene Strandrestaurant mit dem Auf und Ab der Dünen. Von außen prägen Holzelemente im Blockhausstil die Oase, im Inneren stillt der Gast seinen Appetit in rustikal-gemütlicher Atmosphäre. Seit Boro Kotaranin das Lokal übernommen hat, weht ein frischer kulinarischer Wind im Süden Westerlands. So schwören seine Gäste auf die knackig frisch servierten Enten-Delikatessen. Gelegenheiten zu ihrem Genuss gibt es genug. Dienstag und Donnerstag ist spezieller Ententag. Samstag steht immer ein ganzes Entenmenü auf dem Programm. Wen der Gusto zu anderen Leckerbissen zieht, wird ebenso gut unterhalten. Nicht umsonst legt der Patron eine extra Abendkarte auf, die monatlich wechselt. So kommt keine Langeweile auf. Fischgerichte sind natürlich einer der Schwerpunkte, leckeres Dorschfilet etwa mit Senfsauce. Dazu werden frische Salate in vielen Variationen angeboten. Publikumsliebling sind ohne Zweifel die wohlschmeckenden Pfannkuchen, verführerisch variantenreich präsentiert. Windgeschützte Außenterrasse, direkt vom nahen Strand zu erreichen. Nachmittags Kaffee, Tee, Kuchen und die beliebte Dünentorte.

Oase zur Sonne, Rantumer Str. 333, 25980 Westerland, Telefon: 0 46 51 / 15 70, **Öffnungszeiten Küche:** täglich ab 9.30 Uhr, regionale Küche, **Vorspeisen** von 7 bis 18 Mark, **Hauptgerichte** von 15 bis 35 Mark, **Kreditkarten:** Eurocard

Bei schönem Wetter ist die Terrasse begehrtes Ziel vieler Sylt-Urlauber.
Darauf dürfen sich Feinschmecker freuen: Entenspezialitäten nach Oase-Art.

PARKHOTEL AM SÜDWÄLDCHEN

CHARMANTE INDIVIDUALITÄT

Das kleine, privat geführte Hotel hat sich schon nach kurzer Zeit einen guten Namen gemacht. Man findet es in exponierter Lage am Rande von Westerland, zwischen den Dünen und dem Südwäldchen nur unweit vom Strand entfernt.

Es war Liebe auf den ersten Blick. Martin Peitzmeier, eingefleischter Sylt-Liebhaber, empfand für das Anfang der 90er Jahre gebaute Hotel eine derart spontane Sympathie, dass er es nach erfolgter Renovierung und Neuausstattung zu einem liebenswert frischen und individuellen Haus erblühen ließ.

Die Gäste nächtigen in einer wohnlichen Ambiance, in der die Farben Blau und Gelb im Vordergrund stehen. Helle, moderne Naturholzmöbel in Kombination mit geschmackvollen Dekorationen sorgen dafür, dass man sich schnell wie zu Hause fühlt. Exklusiv und großzügig geben sich die vierundzwanzig Hotelzimmer, allesamt mit modernstem Komfort, Balkon oder Terrasse. Entspannung für Körper und Geist bietet das entzückende Hallenbad mit seiner Illusionsmalerei. Während man seine Bahnen zieht, gleiten Strand- und Dünenlandschaften vorbei. Ein Solarium, Trocken- und Dampfsauna runden das Wellness-Angebot ab. Der Morgen beginnt mit einem gesunden, opulenten Frühstücksbuffet.

Parkhotel am Südwäldchen, Fischerweg 45, 25980 Westerland, Tel.: 0 46 51 / 83 63 00, Telefax: 0 46 51 / 8 36 30 63, Hotel garni, Zimmerpreise je nach Saison und Kategorie von 110 bis 150 Mark pro Person, **Kreditkarten:** American Express, Eurocard, Visa

Frisch und knackig: Das liebevoll präsentierte Frühstück sorgt für einen vitalisierenden Tagesbeginn.

HOTEL STADT HAMBURG

ELEGANTE WOHNKULTUR IM LANDHAUSSTIL

Harald und Monika Henztschel führen das First-Class-Domizil im Herzen Westerlands bereits in der dritten Familien-Generation. Wer abseits vom modernen Tourismus Ruhe und Entspannung sucht, der ist hier am Ziel.

Erholsam gestaltet sich der Aufenthalt in den 72 Zimmer und Suiten. Sie verbinden unverkennbar hanseatische Eleganz und englisches Landhausflair. Ob kunstvoll drapierte Fensterdekorationen, Stillleben, antikes Mobiliar oder warme, lebendige Farbgestaltung – alles im Hotel zeugt von dem Talent, Atmosphäre zu schaffen. Harald Henztschel, befragt nach den Besonderheiten seines Hauses, muss nicht lange überlegen. „Es ist die Ausstattung. Wir wollen den Urlaubern und unseren vielen Stammgästen ein Stück klassisch-schöner Wohnkultur bieten." Elegant auch das Restaurant. Das Bistro zeigt sich in heiter-sonnigem Ambiente. Küchenchef Ulrich Person lässt leichte, frische Cuisine auftragen; klassische Akzente, phantasievolle mediterran-asiatische Inspirationen und insulare Schwerpunkte mischen sich.

Eine Oase der Entspannung: das neue Qiara Day Spa, ein anspruchsvoller, im asiatischen Kolonialstil gestalteter, 500 qm messender Wellness-Bereich nicht nur für Hausgäste, sondern auch für Besucher von außen. Französischer Limestone, chinesischer Granit und unterschiedlichste Holzarten zaubern ein einzigartiges Ambiente, das nur eines zum Ziel hat – eine Auszeit für Körper und Seele zu ermöglichen. Es gibt einen

Garanten für stilvolles Wohnen und Speisen: Hotelier Harald Hentzschel, Küchenchef Ulrich Person, Restaurantleiter Klaus Otto Klimek (von r. n. l.).

Legere Atmosphäre im Bistro, höchste Tisch- und Tafelkultur im Restaurant Stadt Hamburg: Patron Harald Hentzschel bietet für jeden Anlass die passende Ambiance.

großen Indoor-Pool, einen Saunabereich mit Saunarium, Tauchbecken, Schwallbrausen und Fußwärmebecken, dazu eine wunderschöne Dampfsauna mit italienischem Muranoglas-Mosaik. Für Schönheit sorgt die Shiseido-Beautyfarm mit zwei Qi-Kabinen für die Shiseido Qi-Massage. Eine gute Ergänzung dazu bildet die Cabine de Beauté von Carita, Paris. Zum weiteren Schönheitsangebot zählen Verwöhn- und Entspannungsbäder und diverse Massagen. Ein Solarium und ein modernes Fitness-Studio mit Cardio-Geräten machen die neue Wellness-Oase komplett.

Hotel Stadt Hamburg, Strandstraße 2, 25980 Westerland, Telefon 0 46 51 / 85 80, Telefax: 0 46 51 / 85 82 20, Internet: www.relaischateaux.fr/stadthamburg, E-Mail: hsh-sylt@t-online.de, Zimmer und Suiten von 198 bis 610 Mark, **Kreditkarten:** American Express, Diners Club, Eurocard, Visa

SHISEIDO
RELAXING FRAGRANCE
FRAGRANCE RELAXANTE
SHISEIDO
RELAXING FRAGRANCE
Aromachologie – Wohlbefinden für Körper und Seele
http://www.shiseido.de

SYLTER HOF

SCHÖNE HERBERGE IM HERZEN WESTERLANDS

Das kleine, schmucke Hotel mit Vier-Sterne-Komfort hat sich seit der Eröffnung im Jahr 1990 einen guten Namen gemacht. Besonders für Individualreisende bietet das Haus Ferienstimmung in anspruchsvoller und ruhiger Atmosphäre.

Die Größe des Hotels mit 46 Betten in komfortablen Zimmern, (Maisonette)-Suiten und Appartements vermittelt Erholung suchenden Urlaubern den entsprechend überschaubaren Rahmen, um sich am Puls des Sylter Lebens wie zu Hause zu fühlen.
Die Gäste nächtigen in einer wohnlichen Ambiance im nordfriesischen Stil. Und in der ebenfalls wohnlichen Eleganz von Restaurant, Bar und Lobby fühlt man sich auf Anhieb wohl.
Seitdem Josef Heinsdorf mit seiner Beständigkeit am Herd wirkt, braucht die Küche keine Vergleiche zu scheuen. Nach seinen Präferenzen befragt, antwortet der schlanke Saarländer: „Ehrliche und frische Küche, ohne viel Tamtam, alles à la minute zubereitet." Auf der wechselnden Speisekarte dominieren regionale Schmankerl, teils verfeinert, teils aber auch Bekanntes und Bewährtes aus der holsteinischen Küche. Besondere Packages wie das Gourmet-Wochenende, die Sylter-Hof-Woche und das Langzeit-Arrangement machen es jedem Gast leicht, für den persönlichen Anspruch günstig das Passende zu finden.

Hotel Restaurant Sylter Hof, Norderstraße 9, 25980 Westerland, Telefon: 0 46 51 / 85 70, Fax: 0 46 51 / 8 57 55, Internet: www.sylter-hof.de, E-Mail: info@sylter-hof.de, Zimmer und Suiten je nach Kategorie und Saison von 145 bis 540 Mark

Ein schönes Plätzchen für ungezwungene Urlaubstage im Herzen von Westerland: das Hotel Restaurant Sylter Hof.

Kartenvorverkauf auf Sylt

Sylt-Shop
im Technischen Kaufhaus, H.B. Jensen
Maybachstraße 10, Westerland,
Telefon 0 46 51 - 83 52 79
und Stephanstr. 6, Westerland

Hier erhalten Sie Tickets zu Sylter Veranstaltungen wie Meerkabarett, Sylt Open Air, Kirchenkonzerten, Kampener Literatur-Sommer ATP-Tennis-Turnier u.v.a.

Weitere Vorverkaufsstellen:
Kurverwaltung Kampen,
Kurverwaltung Wenningstedt,
Hotel Windrose,
Kurverwaltung Sylt-Ost

Bädergemeinschaft Sylt

Zu beziehen über die
Bädergemeinschaft Sylt GmbH:

(eine Lust auf Charterflieger, Betten-
urgen und Anstehen am Buffet?
)ann sollten Sie einmal Sylt aus-
robieren. Individuelle Unterkünfte
n Pensionen, Ferienwohnungen
der Hotels, 40 km Sandstrand für
lle, 70 Prozent der Gesamtfläche
nter Naturschutz, 160 km Radwege,
ber 250 gastronomische Betriebe,
OP-Events von Meerkabarett über
ourmet-Festival bis zum Surf
Vorld Cup.

lle diese Angebote nd noch Vieles mehr haben ir für Sie zusammengefaßt: Natürlich Sylt« – Der rlaubsbegleiter

ädergemeinschaft Sylt GmbH
ephanstr. 6 · 25980 Westerland
ospektanfrage:
l. 0 46 51 / 19 4 33
x 820 222
mail:info@bgsylt.allcon.com

Der heiße Draht nach Sylt:

Bädergemeinschaft Sylt GmbH
Touristinformation
Stephanstraße 6, 25980 Westerland
Tel.: 0 46 51 / 1 94 33,
Fax: 82 02 22
E-Mail: info@bgsylt.allcon.com
Internet: www.sylt.de

Kurverwaltung List
Tel.: 04651/95200, Fax: 871398

Kurverwaltung Kampen
Tel.: 04651/46980, Fax: 469840

Verkehrsverein Kampen
Tel.: 04651/46 98 33, Fax: 469840

Kurverwaltung Wenningstedt
Tel.: 04651/4470, Fax: 44740

Fremdenverkehrsverein
Wenningstedt
Tel.: 04651/98900, Fax: 45772

Tourismus-Service Westerland
Tel.: 0180/5009980, Fax: 998234

Fremden-Verkehrs-Zentrale
Westerland
Zimmernachweis,
Tel.: 04651/9988, Fax: 998100

Kurverwaltung Rantum
Tel.: 04651/8070, Fax: 80766

Sylt-Ost:
Kurverwaltung Keitum
Tel.: 04651/33733, Fax: 33737

Kurverwaltung Tinnum
Tel.: 04651/33711, Fax: 33717

Kurverwaltung Morsum
Tel.: 04651/33755, Fax: 33757

Kurverwaltung Archsum
Tel.: 04651/33744, Fax: 33747

Kurverwaltung Hörnum
Tel.: 04651/96260, Fax: 962666

HOTEL UTHLAND

GASTLICHKEIT MIT EIGENER HANDSCHRIFT

Das Hotel Uthland in der Elisabethstraße, nur wenige Schritte vom Meer entfernt, ist ein echtes Kleinod in Westerlands Hotelszene. Die Schwestern Frauke und Ingrid Tödt zeigen hier mit ganz eigener Handschrift, was erlesene Gastlichkeit sein kann.

Ein Besuch im Hotel Uthland ist wie ein Spaziergang über eine Sommerwiese in der Provence. Die Wände sind blau und sonnenblumengelb, die Möbel aus handgelaugtem Kiefernholz, überall üppige Blumendekorationen, farbenfrohe Bilder, kraftvoll und fröhlich im Ausdruck. Die Gastgeberinnen, beide gelernte Hotelkauffrauen, haben das Hotel selbst aufgebaut, alle Materialien und Farben eigenhändig ausgesucht und harmonisch miteinander kombiniert.

Sechzehn schöne, ruhige Zimmer mit gehobenem Komfort sind entstanden. Bad, TV, Radio, Fön, Fax-Anschluss, Safe, Mini-Bar und Gesundheitsmatratze gehören zur Standardausstattung. Schmuckstück des Hauses ist die romantisch bewachsene Gartenterrasse mit ihren gemütlichen Strandkörben. An kühlen Tagen bieten Sauna und Solarium Wärme und Entspannung. Es gibt zwar kein öffentliches Restaurant, aber Hausgäste werden gerne bewirtet. Liebevoll bis ins letzte Käseröllchen ist jeden Morgen das Buffet aufgebaut. Dazu gehören eine große Brotauswahl, Krabben, Lachs und Müsli. Nachmittags gibt es selbst gebackenen Kuchen und abends eine kleine Karte. Einladende Hotelbar.

Hotel Uthland, Elisabethstr. 18, 25980 Westerland, Telefon: 0 46 51 / 9 86 00, Telefax: 0 46 51 / 98 60 60, Hotel garni, Zimmer von 160 bis 360 Mark, **Kreditkarten:** EC-Karte, American Express, Eurocard

Harmonisches, farbenfrohes Design im Frühstücksraum.
Unten: die Bar, ein kommunikativer Treffpunkt.

WEBCHRISTEL

BESCHEIDENHEIT MIT KLASSE

Bescheiden, schmuck und dabei friesisch selbstbewusst steht das „Webchristel"-Haus unter seinem dicken Reetpelz in der Süderstraße. Monika und Gert Petersen haben ihrem Restaurant in sechzehn Jahren einen ausgezeichneten Namen unter Feinschmeckern gemacht.

Die Einrichtung ist geschmackvoll rustikal, unter weißem Tischtuch lugt friesisch blaues Leinen, man speist hier behaglich wie im eigenen Wohnzimmer. Die familiäre Atmosphäre danken Gäste der unaufwendig herzlichen, persönlichen Art des Patrons und seiner Gattin. Im Gespräch über die Küche gibt man sich bescheiden. Man koche mit regionaler Betonung, à la carte und in drei Menüs, man verarbeite nur, was der Markt je nach Saison frisch und in bester Qualität liefere, bleibe bodenständig und zeige vielleicht einen kleinen Touch klassischer Cuisine. Was dann auf den Tisch kommt, ist echte Klasse. Vom Salat von Nordseekrabben mit Mais, Paprika und Kürbiskernöl über das Steinbuttfilet an der Gräte, aus dem Ofen oder im Sud, bis zum wunderbaren Weißkäse-Dessert speist man auf der oberen Etage der Sylter Feinschmeckerei. Dazu kommt ein gründlich sortierter Weinkeller. Die Qualität und das ausgezeichnete Preis-Leistungs-Verhältnis beeindruckte auch den roten Michelin-Führer. Er verlieh einen „Bib Gourmand".

Webchristel, Süderstraße 11, 25980 Westerland, Telefon: 0 46 51 / 2 29 00, Internet: www.Sylt-restaurant.de, Öffnungszeiten Küche: ab 17.00 Uhr, Ruhetag: Mittwoch, feine regionale und klassische Küche, Vorspeisen von 12 bis 29 Mark, Hauptgerichte von 26 bis 55 Mark

In friesischer Behaglichkeit speist man regionale Küche von Format.

Shopping

Die Sonne versinkt leuchtend im Meer. Nach einem langen Urlaubstag am Strand stürzen sich jetzt die meisten Gäste in die pulsierende Restaurantszene und das schillernde Nightlife. Zum Bummeln und Ausgehen möchte man dabei richtig angezogen sein. Wie alles auf Sylt hat auch die Mode hier ihren eigenen Stil: leger und lässig soll das Outfit sein, klassisch in der Optik und natürlich aus allerfeinsten Materialien. Sylt ist nicht nur ein Eldorado für Feinschmecker, die Insel verführt auch zum

à la Sylt

Shopping mit exquisiten Adressen. Im Kampener „Couture-Carré", in Westerland und in Keitum findet man nahezu alles, was in der Mode Rang und Namen hat. Einen weiteren Schwerpunkt bilden Wohn- und Einrichtungsgeschäfte, die ein wahres Paradies für exklusive Antiquitäten, wertvolles Mobiliar und ausgefallene Accessoires darstellen. Aus dem vielfältigen Angebot der Sylter Geschäfte stellen wir Ihnen einige Highlights vor, die stets zum Bummeln einladen.

BINGENHEIMER

DESSOUS & MODE

Im alten romantischen Teil Kampens, in der „Alten Dorfstraße“, liegt das Geschäft „Dessous & Mode“ von Ursula Bingenheimer-Thevis. Das unter Denkmalschutz stehende Haus mit dem tief heruntergezogenen Reetdach und den kleinen Fenstern überrascht mit einer hierzulande unüblichen Sortimentgestaltung. Geboten wird ein Mode-Package für die schönsten Stunden des Jahres.

„... und dann, unversehens, steht da ein nackter Mensch auf der Düne, ein junger Mann, seine Hände in die Hüften gestützt; auch eine junge Frau, beide braun, herrlich wie am ersten Tag. Einen Augenblick stehen sie vor lauter Himmel. Dann gehen sie weiter über den lichten Sand, Hand in Hand, und plötzlich laufen sie, vom eigenen Übermut gejagt, verschwinden hinter den Büscheln von hohem, dürrem, wehendem Gras ...“ Für solche Momente, von Max Frisch in Kampen beobachtet, stehen Modeprobleme natürlich hintan. Aber wenn sich später wieder die Frage stellt: „Was zieh' ich denn jetzt an?“, ist Ursula Bingenheimers Boutique eine optimale Antwort: Sie bietet die perfekte Holiday-Ausrüstung für Beach und Pool. Für entspannte Stunden zu Hause und sportliche Aktivitäten. Ein Shop für viele Gelegenheiten, eine Auswahl internationaler Spitzendesigner wie La Perla-Ravage, La Perla-Pret à Porter, André Sarda, Dolce é Gabana, Malizia, Anti-Flirt, Wolford, Celestine und viele weitere Top Labels.

Bingenheimer, Dessous & Mode, Alte Dorfstraße, 25999 Kampen, Telefon: 0 46 51 / 4 52 33, Telefax: 0 46 51 / 4 63 91

Ravage

BVLGARI

HAUTE JOAILLERIE

Der Bvlgari-Stil ist eine ausgewogene Verbindung von Klassik und Moderne mit einer innovativen und fast provokativen Note in Formgebung und Materialwahl. Unverwechselbar sind vor allem die Kombination der Farben und die Verwendung unüblicher Materialien in der Juwelierskunst. Klassisch hingegen ist Bvlgaris Gespür für Volumen, die Linearität und Symmetrie des Designs sowie die Anlehnung an bestimmte Stilepochen der Kunst und Architektur, etwa der griechischen und römischen Klassik. Bvlgari gibt es selbstverständlich auch auf Sylt, stilvoll unterm Reetdach.

Die Bvlgaris entstammen einer alten griechischen Familie, die 1905 ihr erstes Geschäft in der Via Condotti in Rom eröffnete, noch heute das Flaggschiff aller Bvlgari-Geschäfte. Mittlerweile gibt es weltweit 126 eigene Shops. Wie die Dependance in Kampen zeigen sie neben Accessoires wie Leder-Taschen, Seidentücher, Brillen, Krawatten, Porzellan und Parfums natürlich exquisite Uhren sowie die unverwechselbaren Bvlgari-Schmuckkollektionen. Darunter Unikate, die zur Haute Joaillerie zählen. Neben dieser so genannten BCI-Kollektion, Bvlgari Collection Internationale, einer Kollektion von einzigartigen Juwelen, bietet Bvlgari verschiedene Schmucklinien, die durch ein eigenständiges und unverkennbares Design charakterisiert sind. Parentesi, Tubogas, Spiga, Alveare, Chandra, XL, Trika, Nuvole sowie „B.zero 1" – um nur einige von ihnen zu nennen – wurden für die moderne

Die Bvlgari-Dependance im Herzen von Kampen.
Edel und zeitlos: das Interieur.

Junge Schmucklinie „B.zero 1“: Ringe in Weißgold mit Diamanten.

Schon heute ein Klassiker: Diagono Scuba Chrono.

Rettangolo: Die Linie ist inspiriert vom Stil der 30er Jahre, dabei, typisch für Bvlgari, von zeitloser Schönheit.

Frau geschaffen, als Ausdruck ihrer Weiblichkeit, ihrer Eleganz, ihres Stils und ihrer Lebensart. Aber die Bvlgari-Kollektion umfasst auch in Preis und Ausstattung unterschiedliche Uhrenlinien, darunter Bvlgari-Bvlgari, Quadrato, Scuba, Chrono, Solotempo, Aluminium und Ovale. Für Uhrenliebhaber mit einem Faible für komplizierte Mechanismen wurden Grande-Complication-Modelle geschaffen: die Tourbillon, die Répétition Minutes sowie die Rattrapante.

Bvlgari, Hauptstraße 15, 25999 Kampen, Tel.: 0 46 51 / 94 87 10, Telefax: 0 46 51 / 94 87 15

BVLGARI
CONTEMPORARY ITALIAN JEWELLERS
BLV
THE NEW FRAGRANCE FOR WOMEN.

CARTIER

ERLESENE KOSTBARKEITEN

Das Haus Kampeneck im noblen Kampen zählt wohl zu den edelsten Shopping-Adressen der Insel. Die französische Cartier-Boutique nimmt hier einen Logenplatz im Ensemble der Welt- und Spitzenfirmen ein, die sich in Sylts schillerndstem Ort versammelt haben.

Das helle und lichtdurchflutete Ambiente zeigt sich in den Farben Grün, Mahagoni, Elfenbein und Gold. Die moderne Eleganz der Einrichtung und die traditionelle Sylter Architektur finden zu einer harmonischen Einheit zusammen.

Luxus, High-Tech und Vielseitigkeit, gepaart mit Schönheit, Ästhetik und perfekten Dienstleistungen zeichnen Cartier aus. Reparaturen, Demonstrationen am Objekt, professionelle Bedienung und Beratung – das engagierte Team steht für alle Fragen rund um die erlesenen Kostbarkeiten kompetent zur Verfügung. Wunderschöne Uhren, zeitgemäß oder klassisch, Ohrringe, Colliers, Ringe, Broschen, Lederaccessoires, Sonnenbrillen, Seidentücher und vieles mehr zeigen sich in Brillanten, Farbsteinen, edelsten Materialien und begeisternden Design-Varianten.

Die „Collection Paris nouvelle vague Cartier“ zum Beispiel zeigt sich von Paris inspiriert. Die Stadt als Bild. Ihre Architektur, ihre Atmosphäre, da eine Silhouette, hier ein bestimmter Stil, die urbane Eleganz, die Freude an der Innovation werden zu Anreizen für aktuelle Kreationen der Haute Joaillerie. Eine andere Schöpfung zeigt einen Hauch von Nostalgie: die „Baignoire allongée“. Die Vorläuferin dieser

Die Cartier-Boutique im Haus Kampeneck, ein ganz besonderes Juwel im Reigen der edlen Sylter Shopping-Adressen.

Die Schmuckuhr Baignoire allongée: Gehäuse aus Weißgold mit Diamantpavé, Armband mit Silberfäden durchwirkt, Zifferblatt guillochiert und versilbert.

Collection Paris nouvelle vague Cartier: aus der Linie Agrafe ein Armband in Weißgold, asymmetrisch, ganz mit Diamanten besetzt.

Schmuckuhr wurde 1968 aus der Taufe gehoben. Die neue Edition ist etwas kleiner, noch femininer, ein Meisterwerk der Uhrmacherkunst, zugleich ein preziöser Ausdruck von Weiblichkeit. Hochgefragt auch die Collection Privée Cartier Paris. Resspräsentativ und raffiniert: die Tank Basculante mit Saphirglas. Mittels einer Kippvorrichtung zeigt sie entweder das Zifferblatt oder die Unterseite des Gehäuses mit Blick ins Uhrwerk.

Collection Privée Cartier Paris: die Tank Basculante mit Saphirglas und Kippvorrichtung. Gehäuse und Zifferblatt aus 18-Kt.-Gelbgold, mechanisches Manufaktur-Uhrwerk mit Handaufzug.

Cartier, Haus Kampeneck, 25999 Kampen, Tel.: 0 46 51 / 8 29 90, Telefax: 0 46 51 / 82 99 22

CHOPARD

UHRMACHERKUNST UND HAUTE JOAILLERIE

Mit großer Fachkompetenz, hervorragenden Mitarbeitern und exquisiter Kundenbetreuung präsentiert die Boutique am Strönwai das Profil des Genfer Uhren- und Schmuckhauses Chopard, von der Haute Joaillerie und den Werken exquisiter Uhrmacherkunst bis zu einer Vielfalt von Accessoires, dazu exklusive Kollektionen und natürlich jede Novität.

In der topmodernen Chopard-Werkstatt in Genf ist Hightech ebenso vertreten wie höchste Handwerkskunst. Hier sieht man moderne Roboterstraßen, daneben aber auch über 100 hochqualifizierte Goldschmiede, Fasser, Polisseure und Uhrmacher bei ihrer komplexen Präzisionsarbeit. Sie schaffen erlesene Kostbarkeiten in außergewöhnlichem, zeitgemäßem, aber dennoch klassischem Design. Höchste Qualitätsansprüche sind die Norm.
Kunden der Chopard-Boutique können sicher sein, ein exklusives Repertoire vorgelegt zu bekommen. So kreiert man in Genf neben der normalen Produktpalette speziell für diese Outlets besondere Schmuck- und Uhren-Kollektionen, die im übrigen Fachhandel nicht zu bekommen sind. Wichtig der Accessoires-Bereich. Perfektion und Ästhetik prägen auch ihn, und so präsentieren sich Porzellan, Kristall, Silberartikel, Foulards, Brillen, Kosmetik und Parfums von Chopard als exklusive Geschenk-Überraschungen zu allen erdenklichen Anlässen.
Chopard-Boutiquen gibt es auf der ganzen Welt, von Genf bis Dubai, von London bis Taipeh, von Kuala

Das Ambiente der Boutique präsentiert sich so ästhetisch wie die traumschönen Produkte von Chopard.

Lumpur bis Kampen. Bei der Einrichtung fällt die Liebe zum Detail auf. Böden und Wandtäfelungen aus kostbaren Hölzern, antike Spiegel. Schaufenster, Verkaufs- und Ausstellungstische schmücken sich mit dem Charme des 19. Jahrhunderts. In dessen zweiter Hälfte wurde die Firma gegründet, und zwar von Louis-Ulysses Chopard als Manufaktur zur Herstellung von Präzisionsuhren. Das war im Jahr 1860. Gut hundert Jahre später erwarb der Pforzheimer Karl Scheufele die Firma. Er ist in dritter Generation Eigentümer der Schmuck- und Uhrenfirma Eszeha, gegründet 1904. Die Produktion wird in beiden Unternehmen unter dem Namen Chopard geführt. Karl Scheufele und seine Frau Karin leiten Chopard, ihre Kinder Karl-Friedrich Scheufele und Caroline Gruosi-Scheufele sind Vize-Präsidenten.

Chopard-Boutique Kampen, Strönwai, 25999 Kampen/Sylt, Telefon: 0 46 51 / 94 32 32, Telefax: 0 46 51 / 94 32 34

PAVILLON CHRISTOFLE

SYNONYM FRANZÖSISCHER LEBENSART

Strönwai Nummer 1: Seit Maurizio Borletti, Präsident von Christofle, hier am 4. Juli 1997 den Pavillon Christofle eröffnete, gibt es die berühmte Pariser Silberschmiede auch auf Sylt. Sie ist am Strönwai, der Kampener Gourmet- und Luxusmeile, gut aufgehoben.

1830 in Paris gegründet, als Hoflieferant des Bürgerkönigs Louis Philippe zu Ansehen gelangt, beweist das französische Familienunternehmen seit nunmehr sechs Generationen, dass das Credo seines Gründers Charles Christofle unverändert gilt: „Nur eine einzige Qualität, die beste.“ Nicht nur die Kunst der feinen Silberschmiede wird der ureigenen und von höchsten Ansprüchen geprägten Philosophie des Unternehmens gerecht. Auch das Porzellan, das Kristall oder die Tischwäsche zeugen von ausgeprägtem Stilempfinden, bestem handwerklichen Können und unterstreichen den Namen Christofle in aller Welt als ein Synonym für Kultur und französische Lebensart.

Neben dem kompletten Christofle-Sortiment zeigt der Sylter Pavillon auch die Kollektionen von Lacroix, Robert Haviland und von Lenox, dem renommierten Ausstatter des Weißen Hauses. Am kostbarsten – künstlerisch und im Blick auf den Materialwert – sind Christofles aufwendige Sonderanfertigungen, sie reichen von Gebrauchsgütern bis hin zu wunderschönen Dekorationsstücken.

Pavillon Christofle, Strönwai 1, 25999 Kampen, Telefon und Telefax 0 46 51 / 43 66 62

Exponierte Lage und Adresse:
der Pavillon Christofle am Strönwai Nummer 1.

DONALDSON

MICKEY'S REISEN

Eine schier unerschöpfliche Auswahl an Kleidung und Accessoires mit dem gewissen Etwas für Jung und Alt findet man bei Donaldson. Auf der Hauptstraße in Kampen bietet sich dem Interessierten das gesamte Sortiment mit der Maus von Welt.

Nicht nur bei Kampener Kids ist die lässige Mode mit dem Comic-Emblem als Markenzeichen schwer im Trend. Donaldson bietet *casual wear* für die ganze Familie. Dazu gibt es endlose witzige Accessoires von der Marmeladendose bis zur Seifenschale.

Die vielen Reisen von Mickey Mouse verarbeitet Donaldson zu immer wieder neuen Themen. Der jeweils aktuelle thematische Schwerpunkt durchzieht nicht nur die Kollektion und die Accessoires. Auch die ganze Dekoration verwandelt sich und entführt Besucher in die Ferne. Die Frühjahr-Sommer-Kollektion 2001 hat ein Ziel gefunden, das als Szenerie vieler Urlaubsträume gilt, die Provence.

Der Zauber dieser südfranzösischen Region hat schon zahllose Maler und Schriftsteller, Bildhauer, Dichter und Musiker begeistert, er inspirierte auch die Designer von Donaldson zu Lifestyle-Kreationen voller Chic, Eleganz und Natürlichkeit. In den Farben finden sich die berühmten Töne der Provence wieder, das Grün der Ölbaumfrüchte, das Lila blühender Lavendelfelder, das Rot der Sonnenuntergänge – eine Modelinie, vollgesogen von den Stimmungen der Provence, von Atmosphären, die in der Erinnerung weiterleben, hier das Klacken der Petanque-Kugeln in einer Platanenallee, dort eine Herde kraftvoller Pferde, die über

Seit 5 Jahren in Kampen: Mickey's Modewelt.

den Boden der Camargue fliegen, eine Kollektion, die natürlich auch wunderbar in die schöne Insellandschaft Sylts passt.

Hier in Kampen ist Donaldson nicht nur modischer Anlaufspunkt für die ganze Familie, Mickey sorgt auch für aufregende Stranderlebnisse. Vormerken: Der nächste Donaldson Beach Challenge (Wer modelliert die schönsten Sandfiguren?) findet am 29. Juli 2001 am Donaldson-Strandabschnitt vorm Roten Kliff statt.

Donaldson-Boutique, Hauptstraße 8, 25999 Kampen, Telefon: 0 46 51 / 94 41 17

THOMAS GOLDEMANN

ERSTER JUWELIER IN KAMPEN

Ein guter Juwelier wird weder Zeit noch Mühen scheuen, um die Qualität eines Diamanten anschaulich zu erklären. Er berät ausführlich in allen Stilfragen und bei der Auswahl des idealen Schmuckstücks – denn schließlich weiß er am besten, dass eine so wichtige Kaufentscheidung mit viel Augenmaß gefällt werden muss. Thomas Goldemann in Kampen ist die Musterausgabe eines solchen Juweliers.

Bereits seit vier Generationen steht der Name „Goldemann“ für Qualität, Seriösität und Vertrauen. Schon sein Vater Johann Friedrich Goldemann war Hofjuwelier beim Schah von Persien. Und Thomas Goldemann war der erste Juwelier in Kampen. Ob bei Neuanfertigungen, Umänderungen oder Reparaturen: Jeder Kunde wird umfassend, aufmerksam und zuvorkommend beraten. Nicht ohne Stolz hält der Einzelkämpfer Goldemann seit so vielen Jahren die Stellung unter den Filialisten dieser Branche in Kampen. Sein Motto lautet: „Keine Masse, sondern Klasse.“ Deshalb kreiert er alle selbst entworfenen Preziosen in aufwendiger Juwelierarbeit nur ein einziges Mal. Während der Sommersaison finden ihn seine Kunden in Kampen an der Hauptstraße gegenüber der Kurverwaltung und im Winterhalbjahr in der Hamburger Elbchaussee 176 (Atelier-Telefon: 0 40 / 8 80 48 88).

Juwelier Goldemann, Hauptstraße 13, 25999 Kampen, Telefon: 0 46 51 / 4 37 22

Der Hamburger Juwelier Thomas Goldemann, seit 30 Jahren in Kampen.
Unten: Ein einzigartiges Collier in Weißgold mit weißer und schwarzer Perle.

GALERIE HEROLD

ERSTE ADRESSE FÜR NORDDEUTSCHE KUNST

Die Sylter Dependance der Hamburger Galerie Herold ist eine erste Adresse für Werke norddeutscher Malerinnen und Maler des Impressionismus und Expressionismus. Sie werden in den lichtvollen Ausstellungsräumen des Kampener Hauses Meeresruh erstklassig präsentiert.

Meisterwerke des norddeutschen Impressionismus und Expressionismus aus der Zeit von 1870 bis 1950 legen Zeugnis ab von der besonderen gestalterischen Kraft einer Künstlergeneration rund um die vorletzte Jahrhundertwende.
Der Magie dieser Werke konnte sich auch Galerist Rainer Herold nicht entziehen. Vor etwa 25 Jahren erwarb er in einem Hamburger Auktionshaus seine ersten Bilder. Heute hat er sich über die Hansestadt hinaus einen festen Platz in der Kunstwelt geschaffen. Voraussetzung für seinen Erfolg war, dass Rainer Herold Erworbenes nicht sogleich wieder auf den Markt gab, sondern immer erst weitere einschlägige Werke zusammentrug, um sie dann sinnvoll in größeren Zusammenhängen präsentieren zu können.
So sind seine wechselnden Ausstellungen in der Kampener Dependance immer wieder Erlebnisse für die Kunstliebhaber auf Sylt. Großen Zuspruch fand zum Beispiel die Exposition „Vom Impressionismus zur Abstraktion“ in der vergangenen Saison unter anderem mit Werken von Ernst Eitner und Dorothea Maetzel-Johannsen.

Galerie Herold, Haus Meeresruh, Braderuper Weg, 25999 Kampen, Tel.: 0 46 51 / 4 51 35, Mobil: 01 72 / 4 01 24 36, Telefax: 0 46 51 / 4 52 31

Dorothea Maetzel-Johannsen (1886–1930), Stillleben mit Sonnenblume, 1921, Öl auf Karton, 100 x 71 cm. Unten: Blick in die Kampener Galerie.

Ernst Eitner (1867–1955),
Abend an der Schlei,
um 1905, Öl/Leinwand, 67 x 98 cm.

E.Eitner

HIGH TIME

WATCHES & JEWELS

High Time am Strönwai empfängt Juwelen- und Uhrenfreunde in einer modernen, der Zeit entsprechenden Location. Sie bietet ihren Kunden etwas ganz Besonderes: Luxus, High-Tech und Vielseitigkeit, gepaart mit Schönheit, Ästhetik, ergänzt durch Dienstleistung und beste Betreuung. Man findet Luxusuhren der Sonderklasse. Dazu wird ein außergewöhnliches Juwelen- und Bijoux-Programm geboten.

Uhrenfans lassen sich von Zeitmessern der Marken Audemars Piguet, Chronoswiss, Girard-Perregaux, Corum, Gucci oder Tiffany begeistern. Professionelle Bedienung und Beratung dabei immer im Vordergrund.
Deshalb ist zu jeder Zeit ein berufserfahrener, qualifizierter Uhrmacher präsent. Er weiß zu allen Uhren und den damit verbundenen Themen Fragen zu beantworten. Aber auch Serviceleistungen, Reparaturen, Demonstrationen am Objekt gehören zu seinen Aufgaben.
Wunderschöne zeitgemäße, aber auch klassische Colliers, Ohrringe, Bracelets, Ringe, Broschen, Anhänger, Pendentifs zeigen sich in Brillanten, Farbsteinen, edelsten Materialien und einem Design, das jeden Betrachter begeistert. Accessoires und Bijoux in der weltbekannten Noblesse des Hauses Tiffany und die zauberhafte Equipe machen das luxuriöse Einkaufserlebnis perfekt.

High Time Juweliere, Sylt, Watches & Jewels, Strönwai, 25999 Kampen, Tel.: 0 46 51 / 94 32 32, Telefax: 0 46 51 / 94 32 34

Elegante Details und moderne Materialien, subtile Farb- und Lichteffekte:
High Time am Strönwai präsentiert sich offen für die Trends der Zeit.

MODEHAUS KÖNING

SYLTS EXKLUSIVER MODETREFFPUNKT

Einer der besten Shoppingtreffs in Kampen ist das Modehaus Köning in der Hauptstraße. Madeleine und Egbert Köning bedienen hier seit vielen Jahren eine anspruchsvolle Kundschaft.

„Wir verkaufen keine Mode", erklärt die Eigentümerin freundlich. „Unsere Ware ist zeitlos." Das gilt einerseits für das Design. Kurzlebiger modischer Schnickschnack ist bei Köning nicht zu finden. Dafür stehen schon exklusive Marken wie Kiton, Attolini, Borelli, Etro oder Schuhe von Tods sowie die Sportswear von Polo Ralph Lauren. Sämtliche Produkte dieser Häuser gehören nicht zu der Art Kleidung, die nach einer Saison aus der Mode ist. Der weltläufige Stil dieser Häuser bleibt unbefristet *en vogue.*
Aber es ist nicht alleine eine Anhäufung edler Couturiers und Manufakturen, die den zeitlosen Stil des Modehauses Köning ausmacht. Es ist vor allem die traumwandlerische Sicherheit, mit der Madeleine und Egbert Köning ihre Ware kombinieren und für jeden Kunden individuell zusammenstellen.
Was Köning außerdem zeitlos macht, ist die außerordentliche Qualität der Ware. Sie lässt sich nur durch hochwertige Handarbeit realisieren und definiert sich ausschließlich über sehr etablierte Marken. Dazu gehört etwa Luigi Borelli aus Neapel. Die süditalienische Schneiderei pflegt genau die Perfektion, die der Name Köning in Kampen repräsentiert. In dem Traditionsunternehmen wird kein Oberhemd im Akkord auf elektrischen Maschinen zusammengesetzt. Bei der Produktion nähen hochspezialisierte Fachkräfte die

Shopping mit Stil: Das Bekleidungshaus im schicken Reetdachstil vertritt nur die exklusivsten Marken.

Genauso puristisch wie nobel: Kein modischer Schnickschnack lenkt im Modehaus Köning von der hochwertigen Qualität der Produkte ab.

einzelnen Teile von Hand zusammen. So gibt es keine steifen Übergänge zwischen Heftnaht und Ärmel oder Kragen und Rücken. Nähte bleiben weich, liegen perfekt an, und jedes Knopfloch wird zum Kleinkunstwerk. Dazu verarbeitet man bei Borelli natürlich nur die besten Stoffqualitäten.

Sollte bei der Anprobe trotzdem etwas nicht auf Anhieb passen, schafft Könings hauseigene Schneiderei Abhilfe: Sofort oder spätestens nach zwei bis drei Tagen ist das edle Outfit passend gemacht.

Das alles macht das Modehaus Köning zum *must* der Modebewussten auf Sylt. Für Fashion-Kenner gehört es längst zum guten Ton, sich hier zum Shopping zu treffen.

Modehaus Köning, Hauptstraße 3, 25999 Kampen, Telefon: 0 46 51 / 47 57, Telefax: 0 46 51 / 4 39 29

LOUIS VUITTON

NEUER AUFTRITT

Louis Vuitton hat seine Boutique am Kampener Strönwai neu eröffnet. Mit beeindruckendem Ergebnis. Das neue Outfit präsentiert die luxuriösen Kollektionen des legendären „Malletiers von Paris" noch effektvoller. Allein der Aufenthalt in den umgestalteten Räumlichkeiten lässt spüren, wie stilvoll Shopping sein kann.

Die Neugestaltung der Interieurs nach dem Konzept der Sopha-Gruppe aus Paris brachte mehr als ein Face-Lifting. Die Sylter Louis-Vuitton-Boutique hat sich bei der Gelegenheit um mehr als das Doppelte vergrößert und nimmt nun das ganze Haus ein. Edel und schön die Materialien: Man wählte eine ästhetisch perfekte Kombination von Holz und Naturstein. Die Wände wurden in der feinen Spachteltechnik gehalten, wie man sie auch aus anderen Vuitton-Niederlassungen kennt: Die Farben Gold, Beige und Natur mischen sich.
Aber nicht nur die Boutique ist größer geworden. Mit der Eröffnung am 8. April 2001 konnte Directrice Manuela Ott auch das Kampener Sortiment erweitern. Am Strönwai gibt es jetzt auch eine kleine Prêt-à-porter-Auswahl für die Dame, ebenso die Damenschuh-Kollektion. Dieses zusätzliche Angebot zielt auf die besonderen Bade- und Freizeitbedürfnisse der modebewussten Sylt-Besucher.
Apropos Schuhe: Zusammen mit einer aufregenden Taschenserie stehen sie im Mittelpunkt der neuen Louis-Vuitton-Kollektion „Damier Sauvage" (Die Pariser Luxusfirma hat bekanntlich ihr berühmtes Muster

Louis Vuitton mit neuem Outfit.
Unten: Sandale und Mini-Einkaufstasche aus der Serie „Damier Sauvage“.

Ein anderer Hit aus der Sommerkollektion 2001: Abendtasche Galactica in goldfarbenem Epileder.

Dernier Cris der Sommerkollektion: Monogramm Canvas mit Graffiti.

Damier Canvas von 1888 vor fünf Jahren neu aufgelegt. Mit „Damier Sauvage“ wird es jetzt „wild“.) Pumps, Mokassins und Sandalen, Taschen für diverse, auch „wilde“ Gelegenheiten präsentieren das gefragte Schachbrettmuster in exklusivem weichen Rauhfell. Eine Serie von animalisch-exotischer Eleganz. Mit leichtem Underground-Touch zeigt sich der Dernier Cris der Frühjahrs- und Sommerkollektion 2001: Louis-Vuitton-Designer Marc Jacobs hat dem Monogramm Canvas (mit dem unverkennbaren Buchstaben-und-Symbol-Muster) ein Graffiti-Dekor verordnet und die frechen Schriften auf Taschen und Hutschachteln appliziert. Zum ersten Mal arbeitete Jacobs auch mit Epileder. Ergebnis: ein Schmuckstück in schlichter Eleganz, die Abendtasche Galactica.

Louis Vuitton, Strönwai, 25999 Kampen, Telefon: 0 46 51 / 4 55 66, Telefax: 0 46 51 / 4 12 37

MÖBEL-DEELE BENDIX DÜYSEN

DIE MISCHUNG MACHT'S

Cornelia Düysens Sylter Wohnboutique gehört zu den ersten Adressen für exklusives Wohnen in Norddeutschland. Neben Möbeln und Accessoires bietet sie auch individuell auf den Kunden zugeschnittene Lösungen für Kompletteinrichtungen.

Ein frischer Wind, lange Spaziergänge. Und endlich Zeit für die Familie und Freunde. Manch einer hat nach einem verlängerten Sylt-Wochenende den Entschluss gefasst, sein Leben umzukrempeln. Oder einfach nur, sich neu einzurichten.

Geständnisse dieser Art sind für Cornelia Düysen nichts Ungewöhnliches. Denn in ihrer Möbel-Deele finden Wahl-Sylter und solche, die es werden wollen, nicht nur exquisite Wohnkultur, sondern auch ein offenes Ohr für die kleineren und größeren Projekte für die heimischen vier Wände. Ein Besuch und ein Klönschnack mit ihr oder einer der freundlichen Damen im Möbel-Deelen-Team gehört für viele Sylt-Fans genauso selbstverständlich zum Inselbesuch wie der Kauf oder die Bestellung.

Für die Kampener Möbel-Deele hat sich Cornelia Düysen, deren Namen als Einrichtungsexpertin in den letzten zwanzig Jahren weit über die Grenzen der Insel hinaus gehandelt wird, etwas Besonderes ausgedacht, denn sie kreiert hier durch eine stilsichere Mischung von Alt und Neu großstädtisches Flair. Antiquitäten aus Skandinavien, England und Frankreich, die sie zum Teil selbst vor Ort begutachtet und einkauft, im Ensemble mit Glas- und Eisenelementen,

Phantasievoll und stilbewußt bis ins Detail:
Cornelia Düysens Wohnambiancen.

Avantgarde-Porzellan und Stoffe von internationalen Designern laden zum Träumen ein. Die Mischung macht's. Und die Liebe zum Detail. Wer eine ausgefallene Lampe sucht, seinem Sofa ein neues Outfit verpassen möchte oder sein Sylter Domizil von Grund auf neu ausstatten will, ist in der Möbel-Deele in Kampen in besten Händen.

Gerade die Einrichtung von Inselresidenzen ist eine besondere Spezialität von Cornelia Düysen. Sie, die selbst auf Sylt wohnt, hat ein untrügliches Gespür dafür, wie man unter Reet stilvolle Originalität entwickelt und Interieurs zum Ausdruck der persönlichen Sphäre werden lässt. Da verschönt eine schmiedeeiserne Anrichte aus dem 19. Jahrhundert einen Eingangsbereich. Über eine Küche wird eine mächtige Holzdecke gespannt, ihr Fußboden mit holländischen Kacheln gefliest. Dazu gibt es vielleicht einen alten Scheunenbalken, der noch das Datum seines Ersteinsatzes trägt, unter dem Durchbruch zum Kochbereich. Den dominiert ein La-Cornue-Herd inmitten von Einbauten aus kanadischer Eiche.

Auf die Wand vor dem Durchbruch sind möglicherweise Fliesen gesetzt, die mit blauen Friesensternen bemalt sind, auf dem Kachelboden steht ein großer runder Holztisch für die ganze Familie, von bequemen Lehnstühlen umringt, und schon ist die Küche nicht nur ein Platz zum lustvollen Kochen, gerade wenn gute Freunde dazugeladen sind, sondern auch ein behaglicher Wohnort. Frappierend, wie stimmungsvoll Cornelia Düysen schöne Gegenstände aus ihrer Antiquitätensammlung einzusetzen versteht, ein kunstvoll geschnitzter dänischer Hochzeitsstuhl zum Beispiel vor einem schwedischen Sekretär aus dem Jahr 1820 – was für ein reizvolles Ensemble.

Möbel Deele Bendix Düysen,
Hauptstr. 1, 25999 Kampen,
Telefon: 0 46 51 / 4 62 50,
Telefax: 0 46 51 / 4 64 13

Eine Spezialität der Möbel-Deele: Einrichtungen im Landhausstil.
Unten: Fliesen mit blauen Friesensternen.

Cornelia Düysen arrangiert als eine der führenden Einrichtungsberaterinnen auch individuell auf den Kunden zugeschnittene Lösungen wie diese traumhafte Landhausküche mit einem La-Cornue-Herd.

MOESGAARD ANTIQUITÄTEN

RARITÄTEN AUS HÖFISCHER KULTUR

Antiquitätenkauf ist Vertrauenssache. Davon ist auch Jytte Elise Moesgaard überzeugt. Sie bietet in Kampen, gegenüber der Kurverwaltung, hochwertige Antiquitäten aus höfischer Kultur an.

Die Familie Moesgaard besitzt schon seit über 35 Jahren zwei Antiquitätengeschäfte in Kopenhagen; entsprechend seriös, kompetent und fachkundig ist die Beratung. Dann entschloss sich Jytte Elise Moesgaard auf Sylt eine Dependance zu eröffnen. Im Haus Weishörn, Zur Uwe Düne 4, entstand ein Ausstellungsraum, in dem die wertvollen Stücke besonders gut zur Geltung kommen. Zudem werden im großflächigen Vorraum Möbel und Accessoires präsentiert, die stilistisch zusammenpassen und Antiquitätenfreunden die Orientierung erleichtern.
Ausgestellt werden neben kompletten Sitzgruppen auch Einzelstücke, Stühle, Tische und Schränke sowie Anrichten, Spiegel, hochwertiges Porzellan, Gläser und Messingleuchter aus unterschiedlichen Epochen – im Wesentlichen aus dem frühen Barock, dem Rokoko und dem Früh-Klassizismus. Eine Spezialität der agilen, ausgesprochen freundlichen Dänin sind die mit einem Porzellantablett versehenen Fayence-Teetische. Die meisten Stücke der „Sammlung Moesgaard" stammen aus dem skandinavischen Kulturkreis oder aus dem norddeutschen Raum.

Moesgaard Antiquitäten im Haus Weishörn, Zur Uwe Düne 4, 25999 Kampen, Telefon: 0 46 51 / 4 10 04, Telefax: 0 46 51 / 4 54 93

Kompetenz aus Kopenhagen: Jytte Elise Moesgard schuf in Kampen Raum für Antiques aus Barock, Rokoko und Klassizismus.

JUWELIER WILM

FILIGRANE GOLDSCHMIEDEKUNST

Welche Frau ist nicht hingerissen, wenn es um feine Geschmeide, glitzernde Ohrclips oder funkelnde Diamantringe geht?! Und wenn das Schmuckstück dann auch noch eine maßgeschneiderte Einzelanfertigung ist, ist das Glück perfekt. Träume? Nein, bei Marc-Andreas Wilm in Kampen gehen Wünsche nach individuellem Schmuck ganz sicher in Erfüllung.

Denn die Kollektion des Hamburger Juweliers, dessen Stammhaus seit 1767 in der Hansestadt ansässig und in Familienbesitz ist, zeichnet sich durch klassische Formen aus, die außergewöhnlich kreativ inszeniert werden. Die Auflagen der Colliers, Armreife, Ringe oder Broschen sind klein, der Goldschmiedemeister tendiert eher zu Einzelstücken. Bevorzugt arbeitet er mit 18 Karat Roségold, teilweise mit Weißgold oder Platin. Auffällig farbintensive Edelsteine wie tiefroter Rubin aus Birma oder Siam, leuchtend blaue Saphire aus Ceylon oder betörend grüne Smaragde aus Kolumbien machen seine Kreationen immer zu etwas Besonderem. Für den anspruchsvollen Herren hält der Juwelier Spektakuläres wie den original Wilm-Chronographen oder diamantbesetzte Hemd- und Manschettenknöpfe im Angebot. Originell die Uhr Sansibar, kreiert als Hommage an Herbert Secklers Circus Sansibar in Rantum: gekreuzte Säbel auf blutrotem Zifferblatt, Armband und äußerer Ring aus hochwertigem Kautschuk.

Juwelier Wilm, Hauptstr. 15, 25999 Kampen, Tel.: 0 46 51 / 4 54 54, Telefax: 0 46 51 / 4 52 54, Internet: www.mark-wilm.de, E-Mail: info@mark-wilm.de

Meister für maßgeschneiderten Schmuck:
Juwelier Wilm in der Kampener Hauptstraße.

HÜS BI HÜS

INTERIEURS UND ACCESSOIRES
PLANUNG · BERATUNG · GESTALTUNG

In einem der ältesten Friesenhäuser Keitums haben Minka und Peter Stütz ein Kreativzentrum für individuelle Wohnkonzepte geschaffen.

Dreißig Jahre widmen sich Peter und Minka Stütz jetzt der Planung, Gestaltung und Einrichtung von individuellem Wohnraum, und dabei hat sich natürlich ein eigener, sehr prägnanter Stil entwickelt.
Die Liebe zum asiatischen und exotischen Kontinent, zu den schönen Dingen des dortigen Alltags, findet sich in vielen Einrichtungsvorschlägen wieder. Dabei vollzieht sich die Entwicklung im ständigen Dialog mit dem Kunden. Wer in seinen vier Wänden gerne guten Geschmack, Wertebewusstsein und Unabhängigkeit von schnellen Trends zeigt, ist im Hüs bi Hüs an der richtigen Adresse. In insgesamt sieben Räumen unterschiedlicher Größe zeigt das Innenarchitektenpaar phantasievolle Wohnszenarien, Stillleben aus Einzelmöbeln, Sammlerstücke, Antiquitäten, moderne Kunst, Porzellan, originelle Accessoires. Alles Dinge, die man nicht in jeder Wohnung findet, Dinge, die sich durch ihre Einzigartigkeit auszeichnen oder die Art ihrer Kombination mit anderen Elementen. Das Ehepaar Stütz über ihr Konzept: „Wer uns im Hüs bi Hüs besucht, geht immer auf eine kleine Zeitreise. Viele unserer Unikate führen zurück in eine aufregende Vergangenheit, mit den Stoffen und Materialien stehen wir mitten in der Gegenwart, unsere Kombinations- und Gestaltungsideen schauen in die Zukunft."

Hüs bi Hüs, P. M. + M. Stütz, C.-P.-Hansen-Allee 3, 25980 Keitum, Tel.: 0 46 51 / 3 21 35, Telefax: 0 46 51 / 3 58 58

Ein Schwerpunkt im Hüs-bi-Hüs-Konzept: ausdrucksvolle Antiquitäten und Accessoires. Unten: ein chinesischer Truhenschrank aus Shanxi.

Sommerthema Panama-Hut und an der Wand drei der acht Pa-Kuas (altchinesische Symbol-Graphiken). Sie bedeuten Himmel, Erde und Wasser.

SYLT-VERSAND

INTERIEURS UND DEKO À LA STEPHAN KIRCHNER

Bei Stephan Kirchner kann man Traditionen des Handwerks erwerben. Nach alter Tischlerkunst gefertigte ländliche Möbel und hübsche Dekorationen, die heiter stimmen. Zum Schmücken des eigenen Zuhauses oder zum Verschenken. Viele der schönen Dinge stellt Kirchner in eigener Werkstatt her.

„Nordseefrische Möbel und Dekorationen" kündigt Stephan Kirchner in seinem Katalog an. Wer ihn bestellt, findet ein phantasievolles, originelles Sortiment. Soll der Garten mit weißlackierten Bänken des nordischen Biedermeiers geschmückt werden? Der Sylt-Versand liefert. Mag man sein privates Freiland nur mit wirklich schönen, dabei handwerklich topfunktionellen Arbeitsgeräten bestellen? Auch dann ist man an der richtigen Adresse, ob man nach Spaten, Hacken, Gabeln und Schaufeln aus blitzendem Edelstahl fragt oder nach einer formschönen Gießkanne mit jener Messingtülle, die der Engländer liebevoll Rose nennt. Nicht weniger fündig wird man bei weichfließenden Stoffen in dezenten Dessins, feingearbeiteten Polsterungen fürs Gartenmöbel, Tipps zur Gartengestaltung. Ein breites Angebot hilft beim Aussuchen der Blumenzwiebeln zur Herbstpflanzung. Geschmackvolle Brunnen und Zäune geben dem Grünland Form, oder soll es eine Sonnenuhr sein, wie sie in alten bäuerlichen Gärten stand? Beliebt ist auch eine speziell von Stephan Kirchner getroffene Auswahl an Besonderheiten. Überraschen lassen!

Sylt-Versand Stephan Kirchner, 25899 Kleiseerkoog via Niebüll, Telefon: 0 46 61 / 22 33, Telefax: 0 46 61/ 23 94

KLEINER TEELADEN

WOHNLICHKEIT RUND UM DEN TEETISCH

Am Anfang standen im Kleinen Teeladen nur ein paar große Säcke mit Assam- und Darjeeling-Tee. Heute findet man vom silbernen Tee-Ei bis zur Alessi-Kanne alles, was mit Tee zu tun hat – und noch einiges mehr. Von einem Stöberstündchen in Ute Kahls Keitumer Boutique bringt man immer etwas nach Hause, wonach einem schon lange der Sinn stand.

Auf dem Stövchen eine gute Kanne Tee. Ein Plausch. Wie man dabei vom Hundertsten ins Tausendste kommt, so scheint sich das Angebot des Kleinen Teeladens am Keitumer Gurtstig entwickelt zu haben. Ursprünglich wurden hier aus großen Säcken feine Tees verkauft. Dann kam gut ausgesuchtes Zubehör dazu: Teelöffel, Siebe, bemalte Dosen, Kandiszucker, Honig in schönen Gefäßen, Servietten und Services.
Heute ist der Teeladen zu einer Art Einrichtungshaus avanciert. Was immer man an schmucken Deko-Gegenständen sucht, vom Windlicht bis zur Wanddekoration, mit Inhaberin Ute Kahl wird man schnell fündig. Hübsch die Tischwäsche, die Sets, die Vasen und Tabletts. Es gibt hübsche Keramik, vorwiegend aus Italien, die schon berühmten, in Öl gemalten Teddybären des Sylter Künstlers Oskar Jensen. Phantasievoll zusammengestellt das reichhaltige Angebot an Geschenkartikeln. Aber noch immer kann man natürlich all die Accessoires kaufen, die einen geschmackvoll gedeckten Teetisch so schön behaglich machen.

Kleiner Teeladen, Gurtstig 44, 25980 Keitum, Telefon: 0 46 51 / 3 21 98, Telefax: 0 46 51 / 93 61 90

Passt gut ins verträumte Keitum: Ute Kahls geschmackvolle Erlebniswelt.

MICHAEL MARTENS

DECORATION UND EINRICHTUNG

Dass die zauberhafte Nordseeinsel Sylt eine Reise wert ist, kann viele Gründe haben. Da ist das Meer, da sind die Dünen, da ist die gute Luft. Doch abseits von Strandleben und Erholung bietet die Insel noch viel mehr, zum Beispiel in Alt-Westerland. Hier hat der Inneneinrichter Michael Martens seine Zelte aufgeschlagen.

Sylt hat Stil. Damit sind nicht nur die schillernden Atmosphären gemeint, in denen sich die Gesellschaft trifft. Die einzigartige Landschaft, die reetgedeckten Häuser zwischen Dünen und Watt, die immer noch vorhandene friesische Wohnkultur regen an, sich über den Lebensstil in den eigenen vier Wänden Gedanken zu machen. Wie richten wir uns ein? Zu Hause oder in der Zweitresidenz auf der Insel? Der Urlaub bringt Zeit, Gewohntes zu überdenken, Neues zu planen, sich umzusehen bei den Fachleuten.

Der Sylter Inneneinrichter Michael Martens zum Beispiel gestaltet mit Phantasie und Können reizvolle Lebensräume. Seine Kreationen sind immer wieder neu und ganz persönlich auf den Kunden zugeschnitten. Und das wird sehr geschätzt. Auf 350 qm Ausstellungsfläche gewinnt man schnell einen Eindruck seiner Schaffenskraft und entdeckt die Vielzahl von wertvollen Dekorationen und Polsterstoffen sowie Zubehör und Kleinmobiliar. Ein besonderes Plus von Martens: Er fertigt alles in eigener Näherei und Polsterei.

Decoration und Einrichtung Michael Martens, Alte Schmiede, Keitumer Chaussee 20–22, 25980 Westerland, Telefon: 0 46 51/9 87 90, Telefax: 0 46 51 / 98 79 88

Michael Martens zeigt auf 350 qm Ausstellungsfläche phantasievolle Einrichtungsideen. Das Spektrum reicht von Stoffen und Accessoires bis zu Kleinmöbeln.

ANTIQUITÄTEN MYLIN

SPEZIALIST FÜR FLIESEN UND KACHELÖFEN

Seit über 25 Jahren steht der Name Jens-Christian Mylin auf Sylt für ein auserlesenes Angebot antiker Fliesen und Kachelöfen.

Egal, ob man einen extravaganten Jugendstilofen aus einem alten Schloss, einen schlichten Zylinderofen mit Rosenranken aus der Zeit der vorletzten Jahrhundertwende oder einen eleganten weißen Kachelofen aus Schweden bevorzugt. Bei den ca. 100 ausgestellten Öfen ist für jeden Liebhaber dieser nostalgischen Art zu heizen ein Musterstück dabei. Die antiken handbemalten Fliesen mit zahlreichen reizvollen Motiven stammen ursprünglich aus den berühmten holländischen Manufakturen in Harlingen und Delft.

Neben der wertbeständigen Anlage bieten die antiken Kachelöfen ein umweltfreundliches Heizsystem mit einem hohen Wirkungsgrad, das die Wärme auch nach Erlöschen des Feuers noch sechs bis acht Stunden speichert. Wissenschaftliche Untersuchungen haben bestätigt, dass Kachelöfen mit Blick auf Raumklima, Strahlungswärme, Luftzirkulation, Luftfeuchtigkeit, Sauerstoffionisation, Luftqualität und thermische Behaglichkeit anderen Heizarten immer weit überlegen waren.

Aber Mylin blickt nicht nur in die Vergangenheit. Ein reichhaltiges Sortiment neuer handgefertigter Fliesen ergänzt das Angebot.

Mylin Antiquitäten, Schützenstraße 17 (gegenüber dem Dorint-Hotel), 25980 Westerland, Telefon: 0 46 51 / 2 22 17, Telefax: 0 46 51 / 2 91 38; C.-P.-Hansen-Allee, 25980 Keitum, Tel.: 0 46 51 / 3 17 07; Listlandstraße / Ecke Dünenstraße, 25992 List, Telefon: 0 46 51 / 87 08 45

Kachelöfen bringen Schönheit und gesunde Wärme ins Haus.
Unten: Alte Fliese, aus einer berühmten niederländischen Manufaktur.

FRIESLAND STRANDKÖRBE RUDI SCHARDT

EDLE RUHEOASEN FÜR STRAND UND GARTEN

In den letzten Jahren haben sich die exklusiven Strandkorb-Modelle des Sylter Familienunternehmens Rudi Schardt zu einem extravaganten Gartenmöbel gemausert, das von der Nordseeinsel seinen Weg fast in die ganze Welt antritt.

Das Standard-Programm bietet 18 verschiedene Grundmodelle, vom einsitzigen Balkonkorb bis zum dreisitzigen Luxusstrandkorb. Doch im Hause Schardt beginnt erst nach dieser „Pflicht" die eigentliche „Kür": das textile Outfit und die luxuriöse Ausstattung. Hierbei sind der Phantasie fast keine Grenzen gesetzt. Kaum ein Kundenwunsch, der nicht erfüllt werden kann. Egal ob es sich um eine integrierte Beleuchtung oder eine eingebaute Stereoanlage, besondere Zierbeschläge oder eine Lektüretasche handelt. Doch vor allem das individuelle, jederzeit veränderbare Design der Polster und die dafür zur Auswahl stehende Vielfalt exklusiver Stoffkollektionen internationaler Designer wie Voghi, Jane Churchill, Anna French oder Wellmann haben dazu geführt, dass die marktführende Position des Unternehmens in den letzten Jahren immer weiter ausgebaut werden konnte. Man findet aber nicht nur die Mercedesse unter den Strandkörben, sondern auch individuell zugeschnittene Dekorationslösungen für Haus und Garten, von der Tischdecke bis zur passenden Stuhlhusse. Motto: „Alles aus einem Guss".

Friesland Strandkörbe Rudi Schardt, Am Bahnhof, 25980 Morsum/Sylt, Telefon: 0 46 51 / 89 13 21, Telefax: 0 46 51 / 89 10 11

Von Jane Churchill bis Voghi – die Auswahl an edlen Designer-Stoffen ist beeindruckend. Unten: Strandkorb in Luxusausführung.

WEIN-FUCHS

EDLE TROPFEN NICHT NUR FÜR DIE INSEL

Das Sylter Weinhaus bedient Gastronomie und Privatkunden mit einem breit gefächerten Angebot aus Weinen, Champagner, Edelobstbränden, Cognacs und vielem mehr. Insgesamt bietet Wein-Fuchs etwa 4000 Artikel an, ausgezeichnet durch ein sehr gutes Preis-Leistungs-Verhältnis.

Kunden auf der Insel wie auf dem Festland schätzen neben der kompetenten Beratung auch die attraktiven monatlichen Aktionen, dazu viele andere kreative Ideen der Sylter Weinspezialisten, als Top-Haus präsent zu sein. Unter Servicefreundlichkeit versteht man im Hause Fuchs auch die prompte Lieferung: auf Sylt innerhalb weniger Stunden, bundesweit innerhalb von zwei Tagen.

Jährlich erscheint ein umfangreicher, attraktiv gestalteter Weinkatalog mit dem kompletten Sortiment. Die Schwerpunkte liegen eindeutig bei den Bordeaux', von denen die Edelanbieter Palmer, Margeaux, Mouton und Lafite selbstverständlich mit ihren Prestige-Jahrgängen vertreten sind, genauso aber unbekannte, noch bezahlbare Châteaux. Den gleichen Ehrgeiz entwickeln Hans-Lorenz Fuchs und sein Sohn Lars bei den Italienern, Spaniern und anderen Weinländern. Starke Nachfrage besteht seit einigen Jahren bei Produkten aus Übersee. Insbesondere nach kalifornischen Tropfen, denen sich Fuchs als Ambassador von Robert Mondavi besonders verbunden fühlt.

Wein-Fuchs Vertriebsgesellschaft mbH & CO. KG, Mittelweg 15, 25980 Tinnum, Telefon: 0 46 51 / 9 38 00, Telefax: 0 46 51 / 93 80 38, Internet: www.wein-fuchs.de, E-Mail: info@wein-fuchs.de

Die „Wein-Füchse" von Sylt:
Hans-Lorenz Fuchs (links) mit seinem Sohn Lars.

BAERBEL WIEGANDT

EXPERTIN FÜR IMMOBILIEN UND EINRICHTUNG

Geboren und aufgewachsen ist sie in Westfalen. Nachdem Baerbel Wiegandt 1971 auf die Insel kam, gründete sie ein Immobilien- und Vermietungsunternehmen in Wenningstedt. Heute ist die allseits beliebte und fröhliche Inselbewohnerin eine erfahrene Beraterin, wenn es auf Sylt um Immobilien geht, aber auch wenn phantasievolle, maßgeschneiderte Einrichtungskonzepte gefragt sind. Ein Beispiel für ihren Stil steht in Wenningstedt.

Dort erfüllte sich Baerbel Wiegandt 1999 einen lang gehegten Traum. Inspiriert von ihren USA-Reisen, die sie unter anderem nach Long Island führten, baute sich Baerbel Wiegandt ihr persönliches Traumhaus. Mit viel Liebe zum Detail erstand das Domizil „Long Island". Mit stilsicherem Feingefühl für Materialien- und Farbharmonien ließ sie anmutige und lichtdurchflutete Räume entstehen.

Sylt-Fans, die sich vom Charme der „Long Island-Welt" einfangen lassen wollen, können das zauberhafte Haus über das Unternehmen „Sylt-Beraterin" mieten. Für die Planung, Gestaltung und Einrichtung von individuellen Wohnräumen arbeitet Baerbel Wiegandt unter anderem mit einer Dipl.-Grafik-Designerin zusammen. So entstehen sinnvolle, einladende und ausgefallene Wohnambiancen. Ziel ist immer: Sie müssen die Persönlichkeit des Kunden widerspiegeln.

Sylt-Beraterin für Immobilien, Baerbel Wiegandt, Strandstraße 4, 25996 Wenningstedt, Telefon: 0 46 51 / 4 38 74 + 4 11 85, Telefax: 0 46 51 / 4 55 03, E-Mail: sylt-wiegandt@-online.de

Long-Island-Charme in Wenningstedt. Unten: Ein Bild von ungezwungener Frische und Farbigkeit, mittendrin ein amerikanisches Kuschelsofa.

CARPE DIEM / CARPE DIEM & MORE

SCHUHE & ACCESSOIRES / TIMBERLAND, CAMPER

Die beiden Boutiquen carpe diem und carpe diem & more präsentieren sich als Top-Adressen für Schuhe, Sportswear und vielerlei Accessoires. Der Name ist dabei Motto: „Carpe diem!“ heißt eine Forderung, die Horaz in seinen Oden aufstellt: „Genieße den Tag!“ Warum nicht beim Einkaufsspaß in den beiden Westerländer Boutiquen.

Seit Jahren ist die Boutique carpe diem in der Elisabethstraße die Adresse für ausgefallene Schuhmode. Liebhaber anspruchsvollen Schuhdesigns finden hier Marken, die ihren Sinn für erstklassige Qualität und Individualität befriedigen. Robert Clegerie, Michel Perry, Free Lance, Karl Lagerfeld, Alden, Timberland und John Lobb sind nur einige der Top-Designer.
Nur wenige Meter entfernt, in der Strandstraße, setzt carpe diem & more auf die italienische Firma Superga, deren legendäre Leinenturnschuhe zum Muss eines jeden Sommers gehören. Die präsentierte Auswahl an unterschiedlichen Farben und Designs auch für die lieben Kleinen sucht in Deutschland ihresgleichen. Die Sportswear von Superga und die ebenfalls angebotene Kollektion der Firma Timberland sind Ausdruck einer ganz persönlichen Lebensart. Die klassischen Timberland Boots und Boatshoes stehen wie die lässige Casual- und Sportswear Collection für beste Qualität.

carpe diem, Elisabethstraße 1, 25980 Westerland, Telefon und Telefax: 0 46 51 / 20 17 02
carpe diem & more, Strandstraße 11, 25980 Westerland, Telefon: 0 46 51 / 93 63 39

Top-Adressen für Schuh- und Sportswear-Fans: carpe diem (oben) und carpe diem & more.

ANNE HOPPE EINRICHTUNGEN

WOHNEN IM LANDHAUSSTIL

Die Sylterin Anne Hoppe beschäftigt sich seit nunmehr fünfundzwanzig Jahren trendunabhängig mit dem Thema Landhausstil. Von ihren Kenntnissen und Erfahrungen profitieren die Kunden ihres gleichnamigen Ladens in Westerland.

Countrystyle-Interessenten finden bei „Anne Hoppe Einrichtungen“ in Westerland neben den unterschiedlichen Landhausmöbeln, Wäscheartikeln und kunstgewerblichen Gegenständen auch Gardinenstoffe und Teppichböden in hochwertigen Materialien.
Einen Schwerpunkt setzt Anne Hoppe auf ihre große Wäscheabteilung. Man sieht Bett- und Tischwäsche, zum Teil selbst entworfen, in floral-romantischer Ausführung oder in Karo- und Streifenmustern. Applikationen, Ziernähte, Blenden oder Stickereien veredeln die dezente klassische Wäsche-Kollektion. Einheimische und Urlauber finden bei Anne Hoppe ein Angebot in großer Vielfalt, zugeschnitten auf den individuellen Geschmack. Frottierware, Bademäntel, Nachthemden, Tagesdecken und vieles mehr runden das Sortiment ab. Eine Besonderheit sind die „Sylter Bauernschränke“ aus altem Holz, die Anne Hoppe nach eigenen Entwürfen bemalen lässt. Spezielle Kundenwünsche werden dabei gerne berücksichtigt. Doch auch alle, die nur ein kleines Geschenk suchen, finden bei Anne Hoppe etwas Passendes.

Anne Hoppe Einrichtungen, Norderstraße 24, 25980 Westerland, Telefon: 0 46 51 / 50 55, Telefax: 0 46 51 / 50 57

PELZ MATTHIESSEN

DEUTSCHLANDS ERSTE ADRESSE FÜR PELZMODE

Bundessieger und Landessieger, Goldmedaillen und Auszeichnungen, Preise und Prämien – Pelz Matthiessen führt die Branche an. Telse und Peter Matthiessen – sie leiten ihren Traditionsbetrieb in dritter Generation – sind Kürschner aus Leidenschaft. Ihr Credo heißt: Von allem nur das Beste – in Qualität, Verarbeitung, Service und Maßarbeit.

Vor drei Jahren baute das Unternehmerpaar seine Zentrale in Tinnum aus. Es entstand ein zukunftsweisendes, großzügiges Gebäude mit der modernsten Kürschnerwerkstatt Deutschlands. Die hellen, großen Verkaufsräume – direkt an der Hauptstraße zwischen Westerland und Keitum – sind stilsicher und klar gestaltet, Wegweiser fürs neue Jahrtausend. Dabei bleibt Pelz Matthiessen natürlich auch in Westerland präsent. Das Geschäft in der Friedrichstraße ist nach wie vor eine bekannte Adresse und immer wieder ein interessanter Anlaufpunkt. Das grandiose Comeback der Pelzmode trifft bei Pelz Matthiessen auf erlesene Professionalität. Neue Schnitte, perfekte Techniken, besondere Farben und die Sicherheit, ein handgefertigtes Einzelstück zu erstehen, sind absolute Garanten für Qualität. Bei Pelz Matthiessen macht jede aktuelle Kollektion neue Lust auf Pelze. Immer besonders exklusiv: die Zobel-Kollektion. Zobel ist und bleibt der Lieblingspelz der Familie Matthiessen.

Pelz Matthiessen, Boy-Nielsen-Straße 15, 25980 Tinnum, Telefon: 0 46 51 / 34 31, Fax: 0 46 51/ 3 52 34
Friedrichstraße 25, 25980 Westerland, Telefon: 0 46 51 / 18 00

Die modernste Kürschnerwerkstatt Deutschlands befindet sich in Tinnum auf Sylt.
Unten: Mantel aus kanadischem Goldzobel, federleicht und sehr luxuriös.

Bücher für Genießer

Der ultimative Restaurantführer für die Hauptstadt

Das einzigartige gastronomische Angebot Berlins braucht sich mittlerweile hinter keiner anderen europäischen Metropole mehr zu verstecken: Zwischen Grunewald und Prenzlauer Berg, am Kurfürstendamm und Unter den Linden sind zahlreiche Hot Spots entstanden, von denen dieser kulinarische Wegweiser die einhundert besten präsentiert.

Berlin la carte
272 Seiten, 34,80 DM
Format 10,5 x 21 cm
ISBN 3-934 170-06-4

Aufgrund des großen Erfolges unserer ersten Landpartie präsentieren wir diesen Nachfolgeband, der wieder fünfzig der schönsten Geheimtipps für Kurzurlaube in Deutschland, Frankreich und Mallorca verrät. Natürlich vermitteln alle vorgestellten Hotels wieder romantischen *country style.*

Landpartie, Band 2
216 Seiten, 98,— DM
Format 23,5 x 25,5 cm
ISBN 3-934 170-00-5

Mallorca A LA CARTE

Die schönsten Fincas, Hotels und Restaurants der Baleareninsel

Dieser hochwertige kulinarische Wegweiser ist ein unverzichtbarer Begleiter für alle anspruchsvollen Gäste der Baleareninsel. Vom Mühlenrestaurant mit herzhafter mallorquinischer Küche bis zur Gourmetadresse am Yachthafen, von der romantischen Finca bis zum kleinen Luxushotel reicht das Repertoire der Empfehlungen, die mit erstklassigen Fotos vorgestellt werden. Rezepte von Eckart Witzigmann und Shoppingtipps für alle Liebhaber mediterraner Interieurs runden das Buch ab.

Mallorca la carte
256 Seiten, 39,80 DM
Format 10,5 x 21 cm
ISBN 3-934 170-02-1

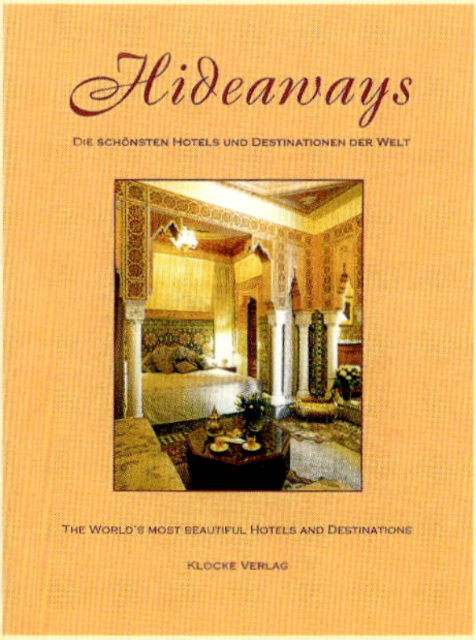

Auch der vierte Hideaways-Bildband macht wieder Lust, auf luxuriöse Entdeckungsreise zu gehen. Märchenhafte Hotels aus Tausendundeiner Nacht, die neuesten Perlen von Mauritius und wunderschöne Herbergen in Europa laden zum Träumen ein.

Hideaways, Band IV
240 Seiten, 98,— DM
Format 23,5 x 32 cm
ISBN 3-980 46 98-2-4

Bücher für Genießer

Dieser Bildband lädt Sie zu den besten Köchen Europas ein: Erleben Sie bei Paul Bocuse, Alain Ducasse, Paul Haeberlin, Pierre Gagnaire, Michel Guérard, Jean-Claude Bourgueil, Dieter Müller, Heinz Winkler, Hans Haas, Eckart Witzigmann und vielen anderen kulinarische Sternstunden, festgehalten in faszinierenden Bildern.

Sternstunden
216 Seiten, 98,– DM
Format 23,5 x 25,5 cm
ISBN 3-980 46 98-4-0

COUNTRY STYLE LIVING gewährt Ihnen Einblicke in die schönsten Häuser im Landhausstil. Genießen Sie südliche Ambiancen in Deutschland, aber auch internationale Wohnkultur in England und mediterrane Inspirationen in der Provence. Natürlich präsentieren wir auch einige der stilvollsten Fincas auf Mallorca, die geprägt werden von südlicher Sonne und der Leichtigkeit des Seins am Mittelmeer.

Country Style Living
228 Seiten, 98,– DM
Format 23,5 x 32 cm
ISBN 3-934 170-05-6

Die HIDEAWAYS-Bildbände machen Lust, auf luxuriöse Entdeckungsreise zu gehen. Sie präsentieren die schönsten Hotels der Welt mit faszinierenden Fotos.

Band 1

Maledicen, Südafrika, Bali, Karibik
248 Seiten, 98,– DM

Band 2

Südsee, Neuseeland, Kalifornien, Mexiko, Oman
240 Seiten, 98,– DM

Band 3

Karibik, Australien, Indien, Südafrika, Mallorca
240 Seiten, 98,– DM

Einfach hier abtrennen und in Fensterumschlag stecken!

Fax: (05 21) 10 96 96

Klocke Verlag GmbH
Leserservice
Höfeweg 62a

D-33619 Bielefeld

Jetzt bestellen!

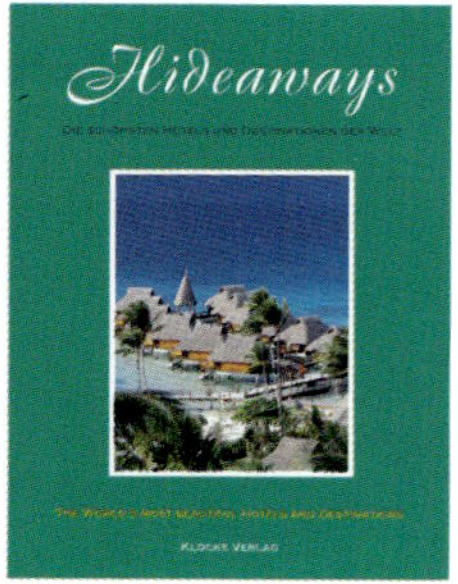